譯者的適應和選擇：中國影視翻譯研究

影視翻譯是譯者在翻譯生態環境中適應和選擇的交替循環過程，最佳的翻譯是整合適應選擇度最高的翻譯。譯者只有不斷增強全球化意識、主體意識、文化字幕意識、多元文化意識，適應影視語言的特殊性、影視翻譯的技術制約因素、目的語文化的審美習慣、觀眾的理解和接受能力及贊助人的要求，做到最佳適應和優化選擇，才能真正讓影視作品成功走上國際市場。

謝紅秀 著

財經錢線

前言

影視作品是國家文化軟實力的體現之一，承載著國家形象、價值觀念、精神和文化等元素。影視翻譯作為文化的載體和媒介，不但可以讓觀眾盡情地領略異國風土人情，而且對人們的語言、生活方式、價值取向等方面有重要影響。近年來，中國生產及引進了大量的影視作品，影視成為文化的重要組成部分，形成勢不可擋的影視文化。一方面，引進和欣賞外國影視作品能促進不同文化間的瞭解和溝通，成為人們瞭解世界文化的重要窗口和途徑；另一方面，中國大量出口優秀的影視作品，在傳播中華文化、塑造國家形象和提升國際影響力等方面發揮了重要作用。如何提高華語影視作品的翻譯水準，增強國際傳播能力和提高國家文化軟實力？中國影視作品要更好地打開海外市場，必須提高翻譯水準，保證以地道的翻譯來降低「文化折扣」，這不僅要完成忠實、通順的字面翻譯，更要在翻譯的過程中，用海外觀眾喜愛和習慣的方式，讓他們走進和瞭解影視作品背後的中國文化。然而，比起

歷史較悠久的文學翻譯，影視翻譯還是一個新興的研究領域，對影視翻譯的研究在中國學術界目前還未成體系，缺乏深入、系統的研究。

影視翻譯就是傳遞語言、文化上的最有效譯文，使譯語觀眾享受到源語觀眾同樣的藝術境界和精神內涵。讓觀眾在對話中聽明白人物到底在談論什麼，這項任務看似簡單，可是一旦在人物對話背後嵌入了深厚的歷史文化背景或較為複雜的邏輯和情境，就往往很難用簡單的話語輕易表達出人物本身想表達的意思，給觀眾帶來理解上的困難！譯者在影視翻譯過程中要做出大量的選擇、適應、保留和淘汰等操作，以適應另一種語言，適應另一種文化，適應不同的導演，最後還要適應譯語觀眾，這樣的字幕翻譯才能夠被接受。作為外語翻譯工作者，探討影視翻譯過程中譯者如何適應文化全球化的翻譯生態環境（制約譯者最佳適應和優化選擇的多種因素的集合）和選擇合適的翻譯方法以產出整體適

應選擇度最高的翻譯字幕，可以讓本國影視作品在與各國影視作品的對決中盡顯民族魅力，為本國文明的傳播提供良性載體。

　　本書分為五章：第一章主要綜述國內影視翻譯的歷史及國內外影視翻譯研究現狀，指出影視翻譯研究的空白之處及從譯者的適應和選擇角度進行研究的必要性與意義。第二章分析影視翻譯的基本特徵，總結其與文學翻譯的不同之處及其獨特性；進一步審視和驗證各種翻譯標準和翻譯策略在電影翻譯這個特殊領域的可操作性；介紹了兩種常見的影視翻譯種類：配音和字幕。第三章介紹了古今中外對「適應」和「選擇」的論述，綜述了維索爾倫的語言順應論、胡庚申的翻譯適應選擇論以及譯者的主體性。第四章研究了影視譯者適應和選擇的因素，分別從片名、文化專有項、修辭等方面來探討譯者的多維適應與選擇對於電影翻譯的重大實踐意義，充分強調譯者在影視翻譯過程中的主導作用。影視翻譯是以譯者為中心的適應文化全球化等翻譯生態環境與優化

選擇翻譯方法產出「適應選擇度」譯文的過程。第五章分析了中國影視作品國際影響力的提升並未與中國影視產業的高速發展同步的原因，總結華語電影「走出去」存在的痛點，對華語電影「走出去」之路提供建議，探討翻譯影視人才培養路徑。

　　影視翻譯是譯者在翻譯生態環境中適應和選擇的交替循環過程，最佳的翻譯是整合適應選擇度最高的翻譯。譯者只有不斷增強全球化意識、主體意識、文化自覺意識、多元文化意識，適應影視語言的特殊性、影視翻譯的技術制約因素、目的語文化的審美習慣、觀眾的理解力和接受能力以及贊助人的要求，做到最佳適應和優化選擇，才能真正讓影視作品成功走上國際市場。

謝紅秀

2017 年 9 月

目錄

第一章　國內外影視翻譯研究現狀 / 1

第一節　中國的影視翻譯歷史 / 1

第二節　國外影視翻譯研究現狀 / 6

第三節　國內影視翻譯研究現狀 / 10

第二章　影視翻譯的基本特徵和種類 / 18

第一節　影視翻譯的基本特徵 / 20

第二節　配音 / 22

第三節　字幕 / 27

第四節　進口影片的配音和字幕問題以及對策 / 32

第三章　適應選擇以及譯者理論概述 / 40

第一節　古今中外譯界對「適應」與「選擇」的論述 / 40

第二節　維索爾倫的語言順應論 / 42

第三節　胡庚申的翻譯適應選擇論 / 43

　　第四節　譯者的主體性 / 44

第四章　譯者在影視翻譯中的適應和選擇 / 48

　　第一節　生態環境中譯者適應和選擇的因素 / 48

　　第二節　影視片名翻譯研究 / 60

　　第三節　影視文化專有項翻譯研究 / 75

　　第四節　影視翻譯中的修辭問題研究 / 86

第五章　華語影視作品「走出去」之路 / 92

　　第一節　影視作品誤譯之殤透視 / 92

　　第二節　華語電影「走出去」的對策 / 99

　　第三節　影視翻譯人才的培養 / 106

　　第四節　華語影視作品作為真實語料在翻譯教學中的

　　　　　　應用 / 109

參考文獻 / 113

附錄1　2010—2016年進口影片片名翻譯 / 119

附錄2　國際上獲獎的部分華語電影中英文片名翻譯 / 141

附錄3　哈利·波特系列電影專有名詞中英文對照 / 144

後記 / 161

第一章　國內外影視翻譯研究現狀

隨著全球化進程的加快和各國文化交流的增多，影視作品作為當代社會最具影響力的一種藝術形式，為億萬觀眾打開了一扇瞭解異域文化的窗口，也為中外交流架起了一道全新的友誼之橋，已成為各國和地區傳播自身價值觀念與表現自身獨特文化形態的一種手段。

第一節　中國的影視翻譯歷史

中國的影視翻譯歷史雖然比較短暫，但是多年來翻譯了大量的優秀作品，電影翻譯早期就出現了包括影片說明、現場口譯、「譯意風」以及字幕翻譯等翻譯模式。1896年「西洋影戲」登陸中國，向中國觀眾展示了陌生化奇觀和歐美文化，歐美電影逐漸成為中國有效、快速學習西方科技文化的重要渠道之一，逐漸受到中國觀眾的歡迎，也刺激著中國電影業的萌芽和發展。為幫助觀眾理解，早期的外國影片主要採用影片說明和現場口譯等翻譯方式。20世紀20年代後期，譯配中文字幕的方法才基本成為電影翻譯的主流方法。在字幕翻譯流行了十餘年後，1939年電影翻譯有了一次較大的改進，出現了「譯意風」。所謂「譯意風」，就是在影院的座椅背後安裝一個聽筒，觀眾觀看電影時使用聽筒聽「譯意風」把電影中的外文翻譯成中文。「譯意風」從最初的翻譯大概意思發展到根據劇情分角色演繹人物的性格和情緒，可以說是早期電影配音的雛形。1914年，華美影片公司拍攝的無聲電影《莊子試妻》在美國上映，拉開了中國電影對外傳播的序幕。中國早期的電影公司非常注重電影字幕的翻譯，他們意識到電影翻譯是實現向國際宣傳中國正面、客觀的國民形象和中國燦爛文化的有效途徑。電影是政府對外宣傳、樹立良好國際形象、展現中國風貌的一個主要手段，同時也曾經是早期政府聯合國內民眾爭取國際輿論的

工具。這一時期湧現出了一大批影視翻譯家，有孫瑜、周瘦鵑、洪深、包天笑、周劍雲、程樹仁、劉蘆隱等。

新中國成立後，由孟廣鈞、許立群、劉遲翻譯，長春電影製片廠譯制的蘇聯故事片《普通一兵》成為中國影視譯制的開先河者。在精神文化生活匱乏的年代，極具技術魅力的譯製片（譯製片最早叫「翻版片」，又叫「翻譯片」，是指將原版影片的對白或解說翻譯成另一種語言後，以該種語言配音混錄或疊加字幕後的影片）給國人帶來了精神食糧，開闊了我們的視野，啟迪了我們的心智，帶來了無限的歡樂。中蘇關係密切時期，俄語影片在 20 世紀中國進口電影中占最高的比重，湧現出蕭章、尹廣文、劉遲、陳涓、馮志剛、富瀾、高莽、江韻輝、夏衍、王成秋、毛信仁、孟廣鈞、張開、徐立群、李小蒸、瞿白音、藍馥心、鄭雪萊、傅佩珩、麗尼與田大畏等一大批影視翻譯家。主要從事電影的英漢影視翻譯的有陳敘一、潘耀華、宋淇、田漢、王慧敏、葉群、周國珍、李育中、陳堯米、郭建中、姜桂儂、黎歌、齊錫玉、藍馥心、傅佩珩等翻譯家。他們地道的譯制語言符合劇中人物性格、身分、職業，傳神地表達出影片故事情節。

半個多世紀來，東北譯制廠製作了將近千部譯製片，不少佳作獲得文化部門和廣電部門優秀譯製片獎。1957 年，上海電影譯制廠成立，培養了一大批優秀的翻譯人員和配音演員，首任廠長陳敘一不僅是一位優秀的管理者還是傑出的影視翻譯家（翻譯了很多耳熟能詳的經典電影，如《音樂之聲》《簡・愛》《霧都孤兒》《巴黎聖母院》等 73 部外國電影）和導演（導演了 74 部譯製片），他的翻譯為譯製片增色不少，豐富了漢語語言，甚至成為流行語言和流行歌曲，如《加里森敢死隊》的「頭兒」、《尼羅河上的慘案》中的「悠著點」等。上海電影譯制廠的譯製片不僅得到了國內觀眾的認可，還得到國外原片導演及演員的贊賞，在國際上贏得了美譽。

改革開放後，中國影視事業持續發展，取得了輝煌的成就，影視作品成為人們精神文化生活不可或缺的部分。中央電視臺國際部專門負責外國優秀電視節目的引進、譯制以及部分境外節目的採編工作。中央電視臺一套根據影視節目類型陸續創辦了《正大劇場》《國際影院》《名著名片欣賞》《世界影視城》《假日影院》等 8 個品牌特色欄目。中央電視臺六套的佳片有約播放了很多優秀的國外電影。中央電視臺八套的《海外劇場欄目》讓觀眾瞭解各國人民在不同文化與社會背景下的喜怒哀樂、悲歡離合，使大家足不出戶便能感受濃烈的異域風情。目前中央電視臺國際部、上海電視臺、廣東電視臺等是電視劇譯制的主力軍，近年來流行的外國電視劇幾乎都是其譯製作品。外國影視作品逐

步成為中國電視觀眾瞭解世界的重要窗口，扮演著傳播世界優秀文化的橋樑的角色，對人們的精神文化生活做出了重大貢獻。

第一，豐富了人們的生活方式，傳播了異域文化，引領了新的潮流，打開了瞭解異域神祕世界的大門，深刻影響著幾代人的人生觀和世界觀。電影中外國的風景、人文思想、科學技術文化以及人們的生活方式、飲食習慣、穿著打扮都吸引著人們，外國影片就如同一扇看世界的窗口。《星際穿越》《地心引力》等科幻片拉近了我們與科學的距離。魔幻電影《指環王》三部曲的畫面展現了新西蘭的絕美風光，讓人印象深刻，新西蘭也由此成為人們眼中現實版的「中土世界」所在。《姿三四郎》極大地推廣了日本柔道在中國的知名度。《唐頓莊園》讓觀眾們瞭解到英國的百年莊園文化。

第二，普及了世界文學經典。中國引進的譯製片中，世界經典名著改編的電影占很大比重。此類電影讓世界名著在廣大觀眾中得到普及，如《魯濱孫漂流記》《湯姆·索菲亞歷險記》《大衛·科波菲爾》《紅與黑》《悲慘世界》《巴黎聖母院》等。這些由經典文學作品改編的電影拉近了世界文學經典與不同文化層次的普通大眾的距離，讓人們覺得文學經典不是那麼遙不可及，同時也激起了很大一部分觀眾閱讀或重讀原著的濃厚興趣，進而促進了經典文學作品更廣泛的傳播。這是經典文學作品和電影最好的「聯姻」。

第三，促進了官方語言統一的進程，豐富了語言表達方式。世界上第一部有聲電影是1927年美國拍攝的《爵士歌王》（*The Jazz Singer*）。民國時期，有聲電影的普及促進了官方語言的統一。1934年，民國政府出拾了新的電影政策：「中國官話是唯一准許在電影中使用的語言，禁止方言。」這個政策消除了中國十幾種方言和不計其數的各地土話造成的交流障礙。

此外，譯者們細膩準確的經典臺詞讓人們津津樂道，成為流行語言。《葉塞尼亞》裡的「喂，當兵的！你不等我了嗎」，《列寧在1918》中的「麵包會有的，一切都會有的」……在那艱苦的歲月裡激勵了千千萬萬的人堅韌不拔、頑強奮鬥，讓人們樂觀地看待建設事業中遇到的困難，堅定了人們建設社會主義新中國的信念。

又如電影《橋》裡面廣為傳唱的經典插曲：「啊朋友再見，啊朋友再見，啊朋友再見吧，再見吧，再見吧……」《英俊少年》的歌詞「小小少年，很少煩惱，眼望四周陽光照……」都成為流行歌曲，引領時尚。

第四，培養了一批優秀翻譯人員和配音演員。譯製片在中國產生的影響前所未有，很多觀眾對童自榮、邱岳鋒、畢克、尚華、劉廣寧、李梓、丁建華等配音藝術家們的名字以及他們的作品如數家珍。比起配音演員，譯製片的譯者

們卻鮮為人知，成為默默無聞的幕後英雄，但他們的工作對於譯製片的成功是至關重要的。有些譯者是譯制廠的專業翻譯，有些則是高校外語教師或者其他外語專業人才，他們的翻譯杰作至今仍然是廣大影視愛好者的研究對象。

第五，給中國電影工作者提供了很好的借鑑。外國優秀電影強大的敘事能力、精致的畫面、先進的拍攝技術以及合適的演員選用都給中國的電影工作者們提供了很好的借鑑作用，在觀念和技術方面推動了中國電影以及電影翻譯事業的產生和發展。

中國在大量引進國外影視作品的同時，也將中國優秀影視作品輸出至海外。早期電影翻譯主要分為四種類型，分別為中國民營電影公司的商業翻譯、中國民營電影公司與民國政府的合作翻譯、民國政府主導的電影翻譯以及國外政府機構或電影公司對中國影片的翻譯。

第一種翻譯類型是民營電影公司的商業翻譯。在早期，令人驚奇的是很多民營公司在電影最初發行和放映時大多數都是加上了中英文雙語字幕，注意海外市場的開拓，大規模的、自發的電影翻譯現象說明早期的電影公司就具有國際視野。其目標觀眾不僅僅是國內觀眾，還有國內的外國觀眾以及國際市場特別是東南亞地區的市場。一方面，早期的電影公司一些出於愛國目的，覺得電影公司對中國國際正面形象的樹立負有責任；另一方面，商業利益驅使，歐美電影公司在中國賺取了豐厚的商業利益，刺激著中國早期的電影公司想吸引外國觀眾與海外市場獲得利潤。由於早期的電影公司非常重視電影字幕的翻譯，其對譯者也是精挑細選，多採用精通英語的、留學歸來的中國譯者以及懂漢語的外國人擔任字幕譯者，如孫瑜、洪深、劉蘆隱、朱維基等，他們中部分人甚至在電影中擔任多重角色。洪深曾留學哈佛大學，創作了 38 部電影劇本，導演了 9 部電影；孫瑜曾就讀於威斯康星大學、紐約電影攝影學校、哥倫比亞大學，導演和編導過 6 部經典電影。優秀的英文功底、數年的海外生活經歷以及對電影和電影製作的瞭解都保證了中國早期電影翻譯的質量，因此早期電影翻譯已經達到比較高的水準，保證了電影在國外市場的可理解性。

第二種電影翻譯是中國民營電影公司與民國政府的合作翻譯。1935 年，聯華影業公司的《漁光曲》代表中國參加莫斯科國際影展並且獲得第九名的榮譽就是民國政府指導民營電影公司電影翻譯的典型，顯示了國家政府管理機構對民營電影公司參與國際交流的管理。當時民國政府的電影管理機構及電影檢查委員會對參賽影片進行最終選擇，《漁光曲》《大路》《空谷蘭》《春蠶》《重婚》《女人》《桃李劫》最終獲得出國執照從而參賽，讓國際電影界知道中國也有電影文化。這也是民營電影公司首次在電影傳播上達到前所未有的廣度

和深度。這種政府指導下的電影翻譯譯者主要是民國政府電影檢查機構的官員，比如 1935 年去俄羅斯參加國際電影節的譯者的另外一個身分就是民國政府所屬的中央電影攝影場的演員部管理主任。這些官方譯者的任用保證了電影的翻譯活動不偏離政府的意識形態，從而達到宣傳國家形象和促進國際交流的目的。

第三種是民國政府主導翻譯的教育電影、新聞片以及抗日電影。民國政府教育電影內容非常廣泛，包括基礎科學、社會科學、倫理規範和應用科學等各個領域。教育電影輸出是民國政府對外宣傳、樹立良好國際形象的一個重要手段。1935 年，由民國政府中央電影攝影場拍攝的《農人之春》參加比利時國際農業影片比賽會，獲得第三名的好成績。其譯者皮作瓊早年留法，學習農業，精通法語，熟悉法國歷史文化，並且獲得法國農業部土木工程司學位，他的翻譯和現場解說，顯示了翻譯對中國電影進入國際電影節的重要作用，對於中國國產片進入國際市場有很好的借鑑作用。除了教育電影，民國政府進行翻譯輸出的抗日電影則具有強烈的政治宣傳的國防意義，是抗擊日寇、聯合民眾、振奮鬥志的意識形態工具。中國電影製片廠在抗日戰爭時期拍攝了大量的記錄抗日戰爭的新聞紀錄片，《中國反攻》《抗戰特輯》不僅在國內放映，還被送到國外，包括東南亞國家、蘇聯、英國、美國等，展示了中國抗戰的決心與行動，有力宣傳了中國軍民對抗戰的熱誠和忠勇，為爭取國際輿論支持和物資援助發揮了極其重要的作用。很多海外觀眾和僑胞受到影片抗日愛國精神感染，紛紛慷慨解囊，支持抗戰。

第四種是國外機構的翻譯。1935 年，美國派拉蒙影片公司負責人道格拉斯・麥克林在華旅行時看到聯華公司拍攝的《天倫》，想引入美國市場，最後取得聯華公司授權，對《天倫》原底片和配音、字幕等進行了大刀闊斧的改寫與技術處理以符合美國社會主流意識和審美需求以及適應美國觀眾的欣賞習慣。片名《天倫》翻譯成「Song of China」，讓觀眾一看就知道是關於中國的故事。派拉蒙影片公司在放映前一天，還在《紐約時報》的顯著版面刊登了該報特約享譽美國的中國作家、哲學家和翻譯家林語堂撰寫的介紹中國電影的文章《中國與電影事業》，作為電影《天倫》的前奏曲。派拉蒙影片公司首先對電影結局進行了改寫，中國版的《天倫》的結局是個悲劇，主人公在妻子、兒孫和眾孤兒的默禱中死去，而美國版的《天倫》則是大團圓的結局。該部電影的翻譯策略為異國情調化翻譯，充滿了東方情調，突顯了中國的孝仁禮儀，比如原字幕「爸爸，請你饒恕我吧」，譯者譯為「Father, I humbly beg your forgiveness」，譯者讓本國觀眾強烈地感受到中國觀眾對倫理、孝義的強

調，吸引觀眾。如果說派拉蒙影片公司是為了吸引觀眾而採用異國情調化的方法，那麼抗日戰爭時期，日本政府的電影翻譯則是為了實施文化殖民主義而進行改譯。1941年，上海新華聯合影業公司拍攝完成動畫片《鐵扇公主》，導演有意借助孫悟空的鬥爭精神鼓舞中國民眾的抗日鬥志，是民間電影公司拍攝的愛國電影。1942年，該片在日本放映時，採取日語配音，減去故事情節10分鐘，目的就是為了減弱影片中暗含的抗日呼喚，這激起了廣大愛國人士的抗議。①

　　新中國成立後，中國電影工作者首次以嶄新的面貌登上國際影壇。1950年，中國共向外輸出《中華女兒》《趙一曼》《白毛女》《光芒萬丈》等10部長短影片，並且於同年7月參加了第五屆卡羅維·伐利國際電影節。新中國成立初期，中國的電影輸出基本上是在蘇聯和東歐人民民主國家進行的。

　　1966—1976年，國產片一律不準在國外放映，電影翻譯工作幾乎停止，這給中國的經濟文化帶來了很大的損失。這10年間，中國只向阿爾巴尼亞、朝鮮、越南和羅馬尼亞等少數社會主義國家輸出了一部分「樣板戲」影片。1976年後，通過一系列舉措，電影業務逐漸恢復正常，走向正軌。1980—1992年，中國共向107個國家和地區商業性輸出長短影片近500個，同時中國影視作品開始在國際上頻繁獲獎，受到了世界上很多國家和地區的歡迎。這個時期大部分電影的翻譯都是電影公司請熟知的精通英漢雙語的中國和外國譯者翻譯的。其中比較著名的一位就是澳大利亞的譯者賈佩琳，她翻譯了很多著名電影作品，比如張藝謀的《活著》和《英雄》，陳凱歌的《霸王別姬》和《梅蘭芳》，姜文的《陽光燦爛的日子》和《鬼子來了》，田壯壯的《藍風箏》和《小城之春》，侯孝賢的《悲情城市》，王家衛的《一代宗師》等。她的翻譯特點就是「讓中文平易近人」。賈佩琳精彩的翻譯幫助了很多中國電影走向世界，贏得國際獎項，如《霸王別姬》獲得戛納電影節金棕櫚獎，《英雄》獲得多倫多影評人協會最佳外語片獎。

第二節　國外影視翻譯研究現狀

　　與歷史較悠久的文學翻譯研究相比，影視翻譯還是一個新興的研究領域，不論是在國內還是國外，研究者的數量以及該領域發表的學術論文數量都相對

---

① 金海娜. 中國無聲電影翻譯研究（1905—1949）[M]. 北京：北京大學出版社，2013.

較少。除了文學作品長期享有的經典學術地位以及影視翻譯從業機會的有限性之外，其中還有一個主要原因是影視翻譯具有的不可逾越的特殊性。由於影視作品是聲音和圖像二維結合的產品，研究者並非單純地進行源語和譯語兩種文字文本的比較，而是要結合多種視覺和聽覺因素對原作與譯作進行對比。譯製片是劇本翻譯、配音演員、譯制導演等多方人員集體創作的智慧結晶，劇本翻譯是影響譯制質量的一個主要因素，而非唯一因素。譯者面對的並非是單一的文字文本，而是由圖像、畫面、聲音、色彩等一系列特殊的表意符號融合而成的多重符號文本。譯文受到傳播過程中空間和時間的制約，因而影視翻譯研究面臨的難度和廣度也較大。

對於影視翻譯理論研究，西方在影視翻譯領域的研究起步較早，很多學者在影視翻譯的理論建構中做出了很大的貢獻。1976 年，福多（Fodor）出版的專著《電影配音：語音學、符號學、美學和心理學》（*Film Dubbing: Phonetics, Semiotics, Esthetics and Psychological Aspects*）是該領域的開山之作。該書首次從語音學、符號學、美學和心理學等多個角度系統地研究了影視作品的翻譯，提出電影譯制要在語音、人物性格和內容三個方面達到同步。如今活躍在該研究領域的主要是西歐的學者，他們在眾多國際翻譯期刊上從不同角度發表了多篇影視翻譯研究的文章以及出版了大量有價值的專著。影視翻譯及其相關研究之所以在歐洲得到蓬勃的發展，與歐洲各國特殊的歷史發展、語言和文化的多元特徵以及彼此在各個領域的密切交流息息相關。1995 年，電影百年紀念的活動舉辦，影視翻譯最終被確立為一個獨立的研究領域。1995 年以後，在歐盟的支持下，隨著新技術的快速發展與更新，帶來電子產品的迅速發展，客觀上形成了研究影視翻譯的有利條件，同時歐洲各國語言政策的制定和語言意識的增強，西方影視翻譯研究得到快速發展，論文數量明顯增加（Gambier, 2003）。雖然國外還沒有學者研究華語電影翻譯，但是借鑑西方研究成果對國內的影視翻譯研究大有裨益。早期的西方研究較多關注配音與字幕這兩種方式在美學價值和翻譯質量上孰優孰劣的問題（Fodor, 1976; Marleau, 1993; Gottlieb, 2001）。後來越來越多的學者意識到，這並非只是簡單的「譯術」問題，而是與各國政治、經濟、文化、意識形態、電影進口政策、本土電影強弱、譯語觀眾等多種因素的作用密不可分的。對於這些問題，很多學者都有過論述（Luyken et al., 1991; Danan, 1991; Goris, 1993; Kilborn, 1993; Diza-Cintas, 1999; Mera, 1999; Karamitroglou, 2000; Paolinelli, 2004）。在翻譯策略方面，國外學者主要從翻譯和文化角度結合文本分析、語用學、接受理論、關聯理論等研究成果探討配音和字幕翻譯中的問題與策略。例如，電影

對白翻譯中內容縮減、語義明晰化、省略、釋義、文化歸化等翻譯策略，如何翻譯處理影視作品中的幽默、諷刺、文化典故與隱喻等（Larsen, 1993; Herbst, 1995、1997; Pelsmaekers & Besien, 2002; Lorenzo, 2003; Jorge Diaz, 2009; Michael Cronin, 2009）。

　　在這些學者中，有 4 位在影視翻譯研究領域中做出的貢獻特別突出，以下詳細介紹他們的貢獻，讀者可以更加清晰地瞭解影視翻譯研究方面已有的成就。

　　伊卡·甘比爾（Yves Gambier），芬蘭翻譯家及口譯家協會成員，芬蘭圖爾庫大學翻譯及口譯中心主任，語言學博士。他於 2000—2002 年任歐洲影視翻譯協會主席。伊卡·甘比爾發表論文 140 多篇，與亨利克·戈特利布（Henrik Gottlieb）共同編寫了《多媒體翻譯：概念、實踐及研究》（Multi-media Translations: Concepts, Practices and Research）一書。該書共有 26 章，主要關注的是在當前通信網絡技術的快速發展與全球化加深的背景下，作為翻譯研究領域的一個新分支，（多）媒體翻譯的出現與相關研究的繁榮發展，正日漸成為翻譯者不可忽觀的一系列研究方向。該書收錄的論文分為 3 章：概念、策略與實踐以及經驗性研究。2003 年 11 月，伊卡·甘比爾又出版了翻譯特刊《影視翻譯：理解與接受》（Screen Translation: Perception and Reception）。

　　亨利克·戈特利布（Henrik Gottlieb）是丹麥哥本哈根大學的副教授，翻譯研究及辭典學中心主任，可以說是影視翻譯領域迄今為止理論研究最成體系的學者。1980—1992 年，亨利克·戈特利布擔任丹麥廣播公司的字幕翻譯員，1997 年獲翻譯研究博士學位，自 2006 年至今一直擔任國際期刊《視角：翻譯學研究》（Perspective: Studies in Translatology）的主編。亨利克·戈特利布與赫爾海·迪亞茲·辛塔（Jorge Diaz-Cintas）共同出版了《影視翻譯：字幕翻譯》（Audiovisual Translation: Subtitling Translation Practices）一書。該書附送練習光盤，練習包括英語、法語、義大利語以及荷蘭語的電影片段，專門針對讀者進行實踐訓練。該書共分 11 章，前 7 章均為字幕翻譯的相關內容，包括字幕簡介、字幕翻譯的專業環境、字幕翻譯中的符號學、字幕翻譯的技術問題、字幕翻譯中標點符號及其他慣例、字幕翻譯中的語言學以及字幕翻譯研究；後 4 章分別為練習、術語索引、參考目錄以及索引。從 1991 年開始，亨利克·戈特利布在全世界範圍內廣泛講學，主講熒屏作品翻譯，其主要研究方向是英語語言對其他語言的影響。

　　赫爾海·迪亞茲·辛塔（Jorge Diaz-Cintas）畢業於西班牙巴倫西亞大學，獲影視翻譯博士學位（專攻字幕翻譯），曾任教於英國羅漢普敦大學，任翻譯

學與義大利語首席講師，翻譯學研究生教育的主要負責人，現任倫敦帝國理工大學高級講師、研究生導師。赫爾海·迪亞茲·辛塔在影視翻譯研究方面著作頗豐，與亨利克·戈特利布（Henrik Gottlieb）共同出版了《影視翻譯：字幕翻譯》，多次參與大型語言研究類國際會議。2002 年至今，赫爾海·迪亞茲·辛塔任歐洲影視翻譯協會主席，跨媒體研究小組成員，該小組是 2004 年在倫敦語言類國際會議「In So Many Words」組織籌建的專門針對多媒體翻譯的研究小組。赫爾海·迪亞茲·辛塔近年來出版的有關影視翻譯的專著及論文集（包括與他人合作的）主要有《影視翻譯和媒體可接受性的新視角》（*New Insights Into Audiovisual Translation and Media Accessibility*）。

　　福迪斯·卡拉密特格羅（Fotios Karamitroglou），1996 年在曼徹斯特理工學院獲得翻譯研究碩士學位，1998 年 7 月在曼徹斯特理工學院獲得影視翻譯研究博士學位。1997—1998 年，他在曼徹斯特理工學院協助進行字幕模塊研究的籌備與發布；1999—2000 年，他在雅典歐洲教育組織（私立大學）承擔影視翻譯、翻譯理論及方法等課程的教學工作；2003—2004 年，他在薩洛尼卡的亞里士多德大學英語語言文化系兼任教學研究員，組織並參加了「影視翻譯/字幕研究」研討會。福迪斯·卡拉密特格羅是歐洲影視翻譯研究協會成員、英國翻譯與口譯研究協會成員。他的專著《影視翻譯規範調查的方法論：希臘字幕和配音的選擇》（*Towards a Methodology for the Investigation of Norms in Audiovisual Translation: The Choice between Subtitling and Revoicing in Greece*）是 2000 年出版的針對影視翻譯的專業著作。該書共分為 3 個主要部分，第一部分「翻譯規範的理論方法」主要從理論的高度分析了影視翻譯應遵循的規範；第二部分「影視翻譯規範的系統分析」更為細緻地針對影視翻譯，將配音與字幕這兩種主要的翻譯方法進行了比較；第三部分「個案分析：希臘影視翻譯中配音與字幕的抉擇」逐個分析了一些希臘影視作品的翻譯，針對如何選擇配音或是字幕翻譯給出了一些理論上的合理性建議。

　　總體來說，在歐洲，近年來影視翻譯的相關研究已經得到了一定程度的重視。一些相關的學術機構和組織也蓬勃發展。國際譯聯（International Federation of Translators，FIT）可以說是最早意識到影視翻譯學術地位的學術組織。早在 1987 年，該組織就專門建立了一個「Media Translators and Interpreters」委員會，討論和研究與媒體相關的翻譯問題。1995 年成立的學術組織——歐洲影視翻譯協會（European Association for Studies in Screen Translations，ESIST）則是歐洲影視翻譯研究領域影響力最大的學術組織。該協會最初是由歐洲的 10 個國家的 16 位熱愛影視翻譯的大學教師建立的。他們長期關注影視翻譯研

究領域或者從事影視翻譯工作，認為影視翻譯研究一直沒有得到學界充分的重視，於是自發組建了這一協會，旨在加強和促進該領域研究學者、影視譯制人員以及大學裡師生間的交流，借以提高影視翻譯教學與實踐的質量。① 如今，該協會的成員眾多，他們來自世界各地，包括相關的研究人員、教師和專業翻譯人士等。該協會的很多成員都是活躍在國際大型學術會議及刊物上的專業領域的知名學者。有關影視翻譯的學術會議也是日益頻繁，而由於參會者中的眾多學者來自字幕翻譯盛行的北歐，因此很多會議的學術重點是在字幕翻譯的研究上。2004 年 2 月，主題為「屏幕上的語言轉換」的國際研討會在倫敦舉行，百餘名學者在大會上交流論文。2005 年 10 月，義大利的博洛尼亞大學舉辦了以「文本與圖像之間：影視翻譯的最新研究」為題的國際會議。每兩年舉辦一次的「語言與傳媒」國際會議也是雲集西方眾多影視翻譯學者和業內人士的知名國際會議。

第三節　國內影視翻譯研究現狀

在全球化步伐不斷加快以及視聽媒介主導傳播的今天，影視翻譯已經成為世界翻譯研究領域的一支生力軍。國際上針對影視翻譯的研究早已拓展到除影視劇的配音及字幕翻譯以外的更多領域。雖然中國的影視翻譯事業已有半個多世紀的歷史，引進的外國影片和電視劇的數量與質量均令世人矚目，但是中國的影視翻譯相關研究起步較晚，相對於影視作品對於社會的巨大影響來說，可以說十分不足，研究比較零散、片面，還存在未曾涉足的研究領域。現有主要研究成果大部分是從微觀層面對翻譯原則、方法、技巧的個案探討，電影片名翻譯研究的比重較大，停留在經驗總結層面，缺乏宏觀研究及有效的理論指導。另外，重複研究比較多，新意不足，研究角度與實證研究有待多元化，研究的廣度和深度還有很大的挖掘空間。究其原因，這種狀況的出現主要與以下的一些因素有關：

第一，電影和電視這些新媒體出現的歷史相對比較短。長期以來，中國翻譯界始終是文學翻譯占據主導地位，影視翻譯處於比較邊緣的地位。

第二，在影視翻譯的實踐中，很多學者發現大部分的翻譯概念和理論對於影視翻譯並不完全適用。這客觀上導致了部分學者僅僅關注影視翻譯的實踐，而

---

① 董海雅. 西方語境下的影視翻譯研究概覽 [J]. 上海翻譯，2007 (1)：12-17.

没有进一步深入研究以及建立新的适用于英汉和汉英影视翻译的相关翻译理论。

第三，中国生产的译制片数量惊人、成就辉煌，但是专业从事影视翻译实践的人还是相对较少，主要集中在一些大的译制厂或者电视台以及一些其他翻译机构，大部分像文学翻译、科技翻译等人员通常都没有机会翻译影视作品。电影翻译实践者对电影翻译研究有着重要意义，毕竟将实践与理论相结合才能言之有物，但真正投入研究的实践者却并不多。人们多半是凭借经验从事翻译实践，很少有人静下心来理性地思考影视翻译活动，而花费精力做深入系统的理论研究者更是少之又少。整体来看，为数不多的影视翻译人员的水准参差不齐，多数为兼职人员，就连深受观众喜爱的网剧字幕翻译人员基本上都是凭着个人的经验和热情自发组成字幕组，并没有理论指导，对于影视翻译理论的研究的兴趣并不是很大。由于对于自己翻译的作品准确与否无需负责，不同字幕组的翻译质量也是参差不齐的。不少字幕组往往求快甚于求准，并且缺乏统一的规范。

当然，原因肯定不止以上这些，但不可否认的是，影视翻译研究确实发展相对滞后。目前，国内影视翻译研究主要表现在以下几个方面：

第一，对国内外影视翻译研究进行综述、对相关专著加以评介或对国外影视翻译研究新成果进行介绍。已有研究中有以年代为节点来梳理和分析影视翻译研究发展和现状的（柴梅萍，2006；张陵莉，2008；刘大燕，2011）；有回顾西方影视翻译研究发展和现状，介绍其多元化的研究视角与学术动态，并与国内研究加以比较的（康乐，2007；董海雅，2007）；有关注国内影视翻译研究存在问题并探讨解决方法和出路的（李新新，2005；陈青，2007；苏广才，2008；胡磊，2012）；有运用多学科理论和方法对译制片进行较为深入、全面、系统考察的（麻争旗，2005）；有通过历史描写的方法探究国内视听翻译实践的历史与现状的（邓微波，2016）。

第二，对影视翻译原则、方法、技巧进行研究。许多学者本身是从事影视翻译工作的，经验丰富。他们从自己的实际工作出发，总结影视语言特点，并根据其特点，探讨影视翻译原则和技巧。这方面比较有影响的同时做出突出贡献的学者有张春柏、钱绍昌、麻争旗、肖维青、金海娜、赵速梅等人。

张春柏是华东师范大学外语学院的教授，主要研究方向为翻译理论与实践和英语语言学，主要研究成果有编著或主编教材与辞典近10部，译著6部，发表相关学术论文20余篇（其中6篇发表在国际著名翻译研究期刊 *The Perspective* 和 *Meta* 上），翻译电影和电视剧约300部（集），包括大家熟悉的《神探亨特》《欲望号街车》和《安娜·卡列尼娜》等。张春柏教授在《影视翻译初探》一文中讨论了影视艺术语言的即时性、大众性等特点，并且结合影视

翻譯與普通的文學翻譯的差別，研究了影視翻譯的性質、原則與技巧。其在該文中還分析了影視翻譯中的文化因素，結合實例探討了對雙關語的翻譯技巧。

錢紹昌是上海外國語大學新聞傳播學院的教授，是中國影視翻譯領域的領軍人物。他長期從事影視翻譯工作，翻譯的影視作品近千部，其中多數在國內頗有影響，如大家都十分熟悉的美劇《成長的煩惱》《飯店》《荊棘鳥》等。錢紹昌教授在影視翻譯理論研究上也頗有建樹。他在 2000 年發表的論文《影視翻譯——翻譯園地中愈來愈重要的領域》中就呼籲翻譯界對影視翻譯給予重視。錢紹昌教授在該文中指出了影視翻譯的重要性，深入分析了影視作品的語言同文學作品和書面語的區別，並且總結了影視作品語言的五大特點，即聆聽性、綜合性、瞬間性、通俗性和無註性，並且根據多年的翻譯實踐經驗，提出了影視翻譯的七條經驗，認為在影視翻譯時做到「信、達、雅」中的「達」最為重要。

麻爭旗是中國傳媒大學國際傳播學院的教授，主要研究翻譯與跨文化傳播，有著近 30 年的影視翻譯實踐經歷，曾經為中央電視臺《正大劇場》《國際影院》等欄目翻譯電影、電視劇 50 多部，電視連續劇、系列片 600 餘集，其中《失蹤之謎》《居里夫人》還曾經獲得全國優秀譯製片「飛天獎」。早在 1997 年，麻爭旗教授就曾經在《論影視翻譯的基本原則》一文中，以業內人士的專業視角，結合大量的翻譯實踐案例，從口語化、人物性格化、情感化、口型化、通俗化五個方面分析了影視翻譯需要把握的基本原則，嘗試探索影視譯制藝術的理論研究和實踐發展。麻爭旗教授的專著《影視譯制概論》是近年來為數不多的影視翻譯研究的專著。該書從本質論入手，明確了譯製片的概念，討論了譯製片本質、屬性以及譯製片存在的意義。該書從傳播學、二度編碼理論、符號學和解釋學等多個角度探討了影視作品的譯制原則，分析了影視譯制中存在的一些現象，並且創造性地從美學的角度探討了影視譯制的藝術規律，討論了影視翻譯的美學問題和配音的藝術性，並且對於譯製片的批評與鑒賞也提出了自己的理論。

肖維青是上海外國語大學英語學院的教授，2010—2011 年度中美富布賴特高級研究學者，入選 2012 年教育部新世紀優秀人才支持計劃，曾多次擔任上海國際電影節同聲翻譯。她的研究領域為翻譯教學、影視翻譯等，發表各類學術論文 60 餘篇，近 5 年發表在《中國翻譯》《學術界》《外語教學》等核心期刊上的學術論文近 20 篇。她的專著《英漢影視翻譯實用教程》從厘清西方電影基本概念、歷史流變入手，分析中國和主要歐美國家影視翻譯實踐與研究的現狀，闡釋影視翻譯的特殊性和基本原則，從翻譯實踐、跨文化交際的視角討論了影視翻譯的兩大類型：配音譯制和字幕翻譯。她通過大量練習和評析，

揭示了影視翻譯的規律和特點。該書還討論了片名翻譯、歌曲翻譯、劇本翻譯、影評翻譯等方面的具體問題，探討了中國文化「走出去」、外國作品「引進來」的影視翻譯策略。

金海娜是中國傳媒大學外國語學院的副教授，主要從事影視翻譯與翻譯史研究工作，主持國家社科基金項目「中國電影外譯史研究」、國家社科中華學術外譯研究項目「影視文化論稿」等國家級科研項目。金海娜於 2013 年在北京大學出版社出版了專著《中國無聲電影翻譯研究（1905—1949）》，在《中國翻譯》《現代傳播》《當代電影》等核心期刊上發表論文 10 餘篇。她的專著《中國無聲電影翻譯研究（1905—1949）》以中國早期國產電影的翻譯為研究對象，尤其是其中的英文字幕翻譯，從翻譯研究與文化研究的視角將中國早期國產電影翻譯放在歷史文化語境中考察，探討中國電影翻譯的起源、深層原因與翻譯類型。此外，她結合文本細讀的方法對早期電影的中文字幕及其英文翻譯進行考察，分析早期電影中英文字幕的特徵、翻譯現象與翻譯策略。

趙春梅是中央電視臺國際部的資深編輯，長期從事外國影視劇劇本的翻譯。她在《論譯製片翻譯中的四對主要矛盾》一文中，結合實例討論了影視配音譯制過程中最常見的四對矛盾，即口型與內容的矛盾、語序與畫面的矛盾、歸化與異化的矛盾以及音譯與意譯的矛盾，並提出了相應的解決途徑。

這些學者從自身影視譯制實踐中總結出的寶貴經驗，為中國影視翻譯理論的進一步發展打下了堅實的基礎。受此啓發，其他學者對影視翻譯特徵和原則技巧進一步加以歸納總結、拓展深化。有的學者分析字幕翻譯特點和相應的翻譯策略（李運興，2001）；有的學者對配音基本原則進行概括（馬建麗，2006）；有的學者分析聲畫同步策略（柴梅萍，2003）。還有不少學者研究字幕翻譯的限制因素和規範、字幕技術性處理原則、譯製片配音的內外部技巧等。

第三，運用各種西方語言學和翻譯理論闡釋分析熱映電影翻譯。呂玉勇和李民（2013）以關聯理論、功能對等理論對電影《黑衣人》和《馬達加斯加》的字幕翻譯進行分析，論述了近年來字幕翻譯中出現的大量網絡流行語、古詩詞等「中國特色」的娛樂化改寫傾向。他們指出，電影字幕譯者是在贊助人和意識形態的影響下，娛樂化翻譯改寫字幕原文，以達到娛樂預期觀眾群的目的，這種做法無可厚非，但應該把握適度原則，否則隨意地「添油加醋」和「改頭換面」會適得其反。蔣卓穎（2007）、陳琳（2012）和彭志瑛（2013）從語境順應論的角度研究華語電影字幕翻譯，指出電影字幕翻譯就是譯者在不同的意識程度下根據語言、語境以及交際語境，做出不同程度順應的過程。範定洪（2010）運用紐馬克的交際翻譯理論研究電影《英雄》的翻譯，總結了

指導電影字幕翻譯的四原則，即易讀原則、節減原則、等效原則和概括原則。張捷（2012）從關聯理論視角以中國現實主義喜劇電影的代表人物馮小剛的賀歲電影為例，採用舉例的方法，對電影中幽默臺詞的英譯字幕從語音、詞素、詞彙、修辭等線索加以評析和改譯。付永霞（2010）和鄭卓（2011）從目的論的角度研究了電影《赤壁》的翻譯，通過對字幕翻譯的目的和限制因素進行分析，提出了字幕翻譯的原則和方法。文博昕（2013）通過借鑑翻譯認知心理學的相關理論分析了電影《愛情天梯》字幕翻譯中對篇章翻譯詞、句的誤譯現象以及譯者翻譯時的心理狀況。李紅麗（2014）在《功能對等理論在電影字幕翻譯中的應用》一文中提出應該提高奈達的翻譯對等理論在翻譯界的地位，並結合實例指出功能對等理論下翻譯出來的翻譯作品更符合源語影片所要傳達的思想。

第四，關於電影片名翻譯的研究。阮紅梅（2006）、劉性峰（2009）和陳映丹（2016）研究了英語電影片名的翻譯方法、改寫和文化適應。邵豔（2010）和萬蓓（2012）對中國大陸和港澳臺地區的英語片名的翻譯進行了對比研究。甄玉（2009）不但研究了華語電影譯名的文化缺失現象和應對策略，而且還從歸化和異化兩個翻譯策略研究了華語電影片名中文化意象翻譯（甄玉，2010）。劉麗豔（2009）和王青（2010）從功能目的論視角探討了華語電影片名翻譯，提出音譯、直譯、意譯、刪減或添加的翻譯策略。李曉瀅（2012）從後殖民主義角度也研究了華語電影片名翻譯。

第五，關於文化方面的專題研究。胡婷（2010）提出在字幕翻譯中採用直譯、意譯、縮譯等手法來解決由於文化差異造成的文化缺省和文化衝突。張添瓊（2011）以《霸王別姬》《臥虎藏龍》為例，對電影中的文化缺省字幕進行了研究，分析了其中成功與不夠成功的文化缺省臺詞的翻譯，指出歸化策略在傳達源語文化內容方面所起的副作用以及譯者採用該種策略的原因和心理，並對日後該領域的文化內涵的字幕翻譯提出相關建議。周亞莉（2013）概述了中國影視翻譯從著名影視翻譯家到民間字幕組的實踐活動，橫向比較了國內外相關影視翻譯理論研究，指出目前中國影視翻譯實踐路徑的偏離以及理論研究式微，呼籲社會與譯界為了影視翻譯事業的美好未來，要重視影視翻譯的文化傳播性、加強影視翻譯研究的理論性、加大影視翻譯人才培養力度。譚慧（2016）以電影《狼圖騰》的翻譯為例，探索了中國電影對外翻譯研究體系的建構框架，論述了電影「走出去」的有效渠道和主要障礙。

第六，關於影視翻譯課程教學的研究。上海外國語學院的肖維青（2010，2013）認為，上好專業性較強的影視翻譯課程必須在教學理念、資源利用以及

師資培養等方面轉變觀念，即突出學生的主體角色、充分利用網絡資源、加強與市場的聯繫、加快與國內外高校的交流。肖維青還從技術路徑闡述了影視翻譯的教學。金海娜（2013）提出，適應市場需求，調整教學內容；引入工作坊教學方法，增強學生的參與性；邀請影視作品譯者進行學術講座，分享翻譯經驗；為學生提供課外實踐的機會。

綜上所述，中國影視翻譯尚未形成完整的體系和組建專業的譯制隊伍，從業人員缺乏系統的理論指導，相關的理論與實踐研究還存在未曾涉足的研究領域，如國內尚無基於語料庫的影視翻譯研究，而其他翻譯語料庫研究進行得如火如荼，其他鮮有研究的方面包括語言在各種視聽翻譯模式中的地位、影視翻譯對小語種群體的社會文化影響、英語作為影視翻譯的源語和中心語的研究以及影視翻譯的其他影響因素，如立法、生產配額、播放許可、經濟贊助、生產和發行政策等。已有研究缺乏對現有影視翻譯背後的種種社會、歷史以及譯者等多方面剖析的描述性研究與個案的比較研究（除了金海娜對早期華語電影外譯史的研究為今天的華語影視外譯提供了史學參照），僅僅局限於「信、達、雅」和「功能等等」等中西方傳統譯論對這特殊領域的制約和影響，沒有更多地借鑑電影美學、傳播學、跨文化交際學、社會學、心理學等其他學科的最新研究成果。這些研究領域的滯後嚴重阻礙了中國影視翻譯研究的發展。因此，中國影視翻譯研究的視野有待開闊，需要積極吸收西方影視譯制理論和實踐研究的最新成果，發展符合中國實際情況的、開創性的影視翻譯理論，系統全面地研究影視譯制藝術，擴大翻譯學在當代傳媒中的影響力，努力完善國內整個翻譯理論體系的構建，在促進中外文化交流方面發揮越來越重大的作用。

這些年來，影視翻譯已經引起專家們的重視，各種會議和研修班紛紛召開，中國影視翻譯學者們跟國外學者開始了交流、對話與溝通。

首屆全國影視翻譯研究論壇於 2012 年 12 月 8 日至 9 日在上海外國語大學召開。該次論壇回顧影視翻譯的歷史，探討當前影視翻譯研究的趨勢，並分析和總結了國內高校影視翻譯課程建設及人才培養的情況。

2013 年 12 月 28 日，上海翻譯家協會、上海電影家協會主辦，上海電影譯制廠協辦第九屆大學生影視配音翻譯邀請賽。該賽事旨在加強中外影視譯制領域的深度合作，打造長效國際合作機制，建設中國影視作品全球譯制合作的高端人才隊伍，提高中外影視作品（含電影、電視、紀錄片、動畫）跨語言互譯的規模、層次、質量、規範，讓更多優秀的中外影視作品能通過高水準的譯制走進億萬人民的心靈，成為溝通文化的橋樑。

2015 年 6 月 11 日至 15 日，上海國際電影節聯合舉辦了「2015 中外影視

譯制合作高級研修班」。作為首個由中國發起以影視譯制合作為專題的高級別國際會議，此次研修班消息發布以後，在全球影視譯制界引起了熱烈反響。來自美國、德國、愛爾蘭、澳大利亞、俄羅斯、烏克蘭、捷克、巴基斯坦、土耳其、埃及、突尼斯、越南、印度尼西亞、斯里蘭卡、哈薩克斯坦、坦桑尼亞等20多個國家和地區長期關注中國影視作品譯制的專家、導演、影視製作與發行機構負責人紛紛報名，為上海國際電影節增添了一個亮眼的專業板塊。50多名中外代表齊聚上海，就中外影視譯制合作的現狀、前景、工作規範、機遇與挑戰以及合作方向等課題開展了為期5天的深入討論和交流，就各方關心的話題暢所欲言、暢談合作。來自夢工廠、迪士尼等全球一流譯制與配音機構的首席專家首次與中國資深的電影譯制機構——上海電影譯制廠知名專家以及各國影視譯制代表共同分享，比較中外影視作品譯制專業流程的異同，並探討在全球範圍內推出各國通用的影視多語言譯制行業指南，讓影視譯制更加規範化。同時，由中國電影集團進出口總公司、中國國際電視總公司、央視電影頻道、上海電影集團、埃及尼羅河電視臺、坦桑尼亞國家電視臺等30多家中外影視機構共同發起的《中外影視譯制合作產業聯盟倡議書》正式發布，為拓寬國際影視產業鏈條上製作、翻譯、配音、發行、貿易、傳播、教育等環節的合作通道奠定了基礎。以中國文化譯研網為代表的全新網絡媒體平臺將啓動與全球多語言受眾直接對接的中國影視多語種項目資源庫建設以及中外影視譯制人才跨國合作的線上線下聯動培養平臺，讓更多的優秀作品能夠借助國際化網絡協作平臺和本地化人才培養機制，迅速突破語言瓶頸，更好地走向世界。①

2016年6月11日，影視翻譯教育與人才培養國際研討會在中國傳媒大學舉行。此次研討會旨在交流影視翻譯人才的教育和培養，通過中外譯制專業人才之間的交流實現多元文化的發展。

2016年7月10日，由全球領先的多語信息處理及服務提供商傳神語聯網主辦的語聯網+電影譯制研討會在北京舉行，多位行業資深嘉賓應邀出席。研討會現場，與會嘉賓重點針對如何能將引進的國外影片實現語言更加本地化的優美表達等議題展開了深入探討。

2017年4月17日至18日，中國傳媒大學主辦的2017年「影視互譯·文化共享」國際論壇匯聚了國內外影視譯制領域的專家學者，共同探討中外影視互譯合作的理論與實踐問題，促進影視譯制與合作水準的提高，不斷推進影視作品在傳播文化、溝通人心方面的作用，推動中外優秀影視文化作品的互相借

---

① 2015中外影視譯制合作高級研修班［EB/OL］.（2015-05-26）. http://shmovie.blcu.edu.cn/art/2015/5/26/art_8888_1097328.html.

鑑與傳播，不斷提升中外影視譯制合作水準，增進各國人民的互相理解和友誼。

2017年6月16日，中國外文局教育培訓中心（全國高端應用型翻譯人才培養基地）和上海交通大學外國語學院共同主辦、北京墨責國際文化發展有限公司承辦的2017高級影視翻譯研討會舉辦。該研討會為期3天，研討會首日，中國傳媒大學教授麻爭旗、蠱二傳奇創意文化（北京）有限公司創始人付博文先後做了題為「電影翻譯的原則與方法」和「漫威系列電影翻譯案例解析」的專題講座，引起了參會聽眾的極大興趣和熱情。在接下來的兩天中，華東師範大學的張春柏教授、中國外文局教育培訓中心外籍專家尼古拉斯·貝爾蒂奧姆（Nicolas Berthiaume）、人人影視字幕組組長張旭分別以「影視語言與配音翻譯」「字幕翻譯中的跨文化誤區及改進意見」「影視劇字幕翻譯與技術」為題展開研討。①

翻譯實踐本身始終伴隨著人類文化交流，它對人類文明發展的貢獻也是無可爭辯的事實，但在相當長的歷史時期內很少有學者對其進行系統而深入的研究。直至20世紀50年代，隨著一批富有清醒理論意識和強烈探索精神的學者的努力，翻譯研究才真正開始步入科學、系統的軌道。在此意義上的中國譯學研究起步相對較晚。在國內外各種因素的作用下，20世紀七八十年代起，中國的譯學研究才開始步入「繁榮期」。這主要表現在，一方面，進一步深入研究本國翻譯史上前人的實踐經驗與研究成果；另一方面，開始注重跨學科研究方法，努力汲取諸如語言學、文化學、邏輯學、心理學、符號學、信息學、美學、哲學等其他學科的研究成果，同時致力於介紹和引進當代國際上流行的各種翻譯理論流派的翻譯思想。中國的譯學研究發展至今可以說已碩果累累，研究越來越深入、系統，方法越來越豐富、科學，涉及領域越來越廣泛，學術視野越來越開闊，學術氛圍更是令人欣慰，連口譯、同聲傳譯、機器翻譯等長期被忽視的領域也獲得較為深入的探討。只是影視翻譯作為文學翻譯的一個特殊分支，還引不起譯學界足夠關注，得不到譯學學者應有的重視。譯界需要形成影視英漢互譯的規範與定式，滿足廣大群眾對影視作品的消費需求。

電影的翻譯過程，既受到源語文本的約束又被賦予一定的創造性。語言的使用是一個不斷地選擇語言的過程，不管這種選擇是有意識的還是無意識的，也不管它是出於語言內部的原因還是語言外部的原因。由於各民族在文化背景上存在巨大差異，譯者應該正確把握譯語民族語言中的文化信息，不斷進行選擇和適應，以求在原語文化和譯語文化中達到最大程度的功能對等。

---

① 2017高級影視翻譯研討會在上海交通大學舉行 [EB/OL]. (2017-06-17). http://www.sohu.com/a/149692490_651640?qq-pf-to=pcqq.c2c.

第二章　影視翻譯的基本特徵和種類

　　影視翻譯最早始於西方，在西方的對應名稱為「Film and TV Translation」，是指對電影和電視兩種媒介傳播的視聽作品進行的翻譯，即把影視作品中的語言從一種符號體系轉換成另一種符號體系。其中，影視語言主要指人物所講的語言及畫面語言，其中人物語言包括對白、獨白、旁白等。畫面語言是影視作品觀眾通過視覺來解讀的部分，而人物語言則是觀眾通過聽覺來理解的部分。影視翻譯在 1995 年最終被確立為一個獨立的研究領域。1995 年這個時間之所以關鍵，主要是基於以下三大原因：第一，電影百年紀念的活動是於當年舉辦的；第二，1995 年以來，一小部分（如威爾士和加泰隆語國家等）學者逐漸開始意識到研究影視翻譯是大有可為的；第三，科學技術的迅速發展帶來電子產品的迅速發展，客觀上形成了研究影視翻譯的有利條件，影視翻譯在此之後得到迅速發展。

　　隨著各國文化交流越來越頻繁密切，影視翻譯在文化傳播研究中發揮著重要的橋樑作用。語言與文化密不可分，翻譯是跟兩種語言及其所屬的文化緊密聯繫在一起的。翻譯既是語言的交流，又是文化的交融，具有文化和傳播的雙重性。今天，影視翻譯在中國得到空前發展，影視文化對我們的意識形態、文化觀念、生活方式以及思維方式均產生了深刻的影響。隨著視聽語言宣布新的影像閱讀時代的到來，影視作品早已跨越印刷品所設置的讀者群和文字限制，中國影視翻譯呈現出前所未有的特點：傳播手段豐富多樣（電影、電視劇、計算機、網絡、手機、多媒體等），譯製單位多元化（打破上海電影譯制廠和長春電影製片廠唱獨角戲的局面，出現了網絡字幕組），技術手段先進（上海於 2003 年建成一流影視譯制聲音製作中心），等等。①

---

①　樸哲浩. 影視作品翻譯研究 [D]. 上海：上海外國語大學，2012.

一部電影的譯制工作包括臺詞翻譯、臺詞配音等，涉及的人員很多（見表 2-1）。

表 2-1　　　　　　　　　　電影譯制工作人員

職務	職責
製片人	承接譯制任務，選擇導演、翻譯、錄音師，對整個譯制過程負責
翻譯	翻譯影片對白，製作對白臺本，校對字幕臺本
譯制導演	校對對白臺本，選擇演員組織配音
配音演員	配音
錄音師	對白錄制及混錄
字幕員	為影片製作字幕，校對字幕
片方負責人	對整個譯制過程負責

傳統譯製片製作流程主要分為以下幾個步驟：

第一步，看原片進行翻譯。這是譯者完成的工作，時間為半個月到一個月。

第二步，初對，即劇本編輯。初對時，通常由翻譯、導演和一個配音演員充當口型員完成。

第三步，復對。導演和配音演員一起對臺本進行進一步的口型和文字潤色工作。

第四步，排戲。配音演員在導演的帶領下進行集體排戲，目的是讓演員更加深入地瞭解劇情、角色以及和自己的對手進行搭戲，使自己更快地進入到角色中。

第五步，實錄。在譯制導演的指導下，全體演員在配音棚裡脫稿實錄，時間為大約一星期。

第六步，鑒定。實錄完畢，要請專家、領導組成的鑒定小組，對製作完成的譯製片進行鑒定。

第七步，補戲。鑒定時，如果某些譯製片段的口型、聲音貼合度、聲音質量、表演情緒等不符合原片要求，就要對這些段落片段進行補錄。

第八步，混錄。

現代譯製片為了實現全球同步上映，採用分軌制錄音技術，不但大大提高了錄音技術質量和工作效率，還簡化了整個譯製片製作流程。目前譯製片製作流程的主要創新之處是把傳統譯製片製作流程的前五個步驟合併為以下三個

步驟：

第一步，臺本翻譯，包括傳統譯製片中前兩個步驟，時間為 5~7 天。

第二步，復對。導演對對白臺本進行進一步的口型和文字潤色工作，沒有傳統譯製片流程中配音演員的參加，時間為 2~3 天。

第三步，實錄。傳統譯製片製作流程中的第四步排戲過程已經不復存在，配音演員直接進棚正式錄音。在分軌式錄音技術條件下，每次只有一名配音演員進棚錄音。正式錄音後，如果感覺原片人物情感還原或口型上還不到位，可在錄音機器上直接刪掉重新錄制。同時，錄音師還可以利用電腦技術，對錄音效果不夠完美的部分在分軌制錄音技術條件下進行適當的口型調整，一部譯製片的錄制大概需要 2~3 天。①

第一節　影視翻譯的基本特徵

影視翻譯興起於 20 世紀初，它與小說、詩歌、散文等文學作品都屬於文學藝術範疇。有些電影改編自小說，屬於文學翻譯的一部分，因此影視翻譯與文學翻譯有很多相似點，比如都要求譯者具有紮實的中文和外文功底，在翻譯時都要事先對原作品進行全面深刻的瞭解，對譯文字斟句酌，反覆推敲，遵循信、達、雅原則等。但是作為一門畫面和有聲藝術，影視翻譯又是一種特殊的文學形式，受制於影視藝術本身的特殊性，有自己的特徵，涉及語言學、翻譯學、媒體傳播學，是一個多學科交叉研究的整體。譯者應當盡可能完整地表達原作的主題和精髓，不僅要翻譯屏幕上的文字和演員的對白，還要考慮翻譯的生態環境以及故事情節和主題發展過程中的各種變化因素。熟悉和掌握影視語言的特點與規律，是一個稱職的影視翻譯工作者必備的基本條件。

一、口語化

影視語言與文學語言的特徵不一樣，首先文學語言是通過眼睛閱讀的，而影視語言是通過耳朵和眼睛視聽的，屏幕上的畫面和人物所說的話語起著相輔相成的作用。一部影視作品（除了啞劇外）只依賴於看而不去聽是難以真正理解的，能夠完全聽懂而不欣賞畫面的影視作品也是不存在。讓畫面說話是影視作品製作者努力的方向。換句話說，文學翻譯的目的是可讀性，而影視翻譯

---

① 馬建麗. 2012—2015 年中國譯製片發展現狀研究 [J]. 現代傳播, 2016 (7)：9-14.

的目的是聽兼看。在影視作品中，常常會出現讓譯者頭疼的事情。例如「he」「she」「it」三個單詞譯為漢字分別是中文裡面發音相同但是字形不同的「他」「她」「它」。對於文學作文的讀者而言，三者翻譯的區分一目了然，不構成區分的問題，但是對於影視作品的觀眾而言，如果直譯就會讓觀眾覺得可笑而又莫名其妙。例如，「He cheated her」譯成中文「他欺騙了她」，讀者沒有閱讀障礙。但是如果是配音翻譯就令人頭疼了，到底是「他欺騙了她」還是「她欺騙了他」？唯有譯者對譯文進行改譯成具體指代的人才能讓影視觀眾清楚兩個代詞具體指代的人，不產生誤解。另外，影視語言的口語不等於現實生活中的口語，它是現實生活中的口語的藝術化、文學化的結果。

二、瞬間性

影視劇中人物的對白要麼是有聲語言，要麼是屏幕下方出現字幕，都是一瞬而過，若聽不懂或沒來得及看，不可以重複播放的話，只能放棄，既不能再聽一遍，也沒有時間思考，因為一旦思考就會錯過後面的對白和畫面。文學作品的讀者對於小說或詩歌等的語言或情景的描述沒看明白，可以反覆揣酌。因此，影視翻譯必須考慮到時間、空間和譯文的流暢通順，讓觀眾在最短的時間裡獲得的信息最大化。

三、簡潔性

影視語言是由畫面語言與人物語言組成的，並且這兩種語言之間互補，具有密切的聯繫。影視語言大量的敘事與刻畫人物形象的任務由畫面語言承擔，這就在很大程度上減輕了人物語言的任務，也就為影視語言（人物語言）的簡潔性提供了條件。人物語言的簡潔是為了給演員留下充分的表演空間。要在有限的時間內順利完成敘事任務，影視作品自然就容不得冗長繁瑣的人物語言。

四、雅俗共賞性

作為大眾文化娛樂作品，很多影視作品就是生活的重新呈現，絕大部分影視語言是由人物對白構成的，對白的內容是整個影片的核心，優秀的對白翻譯要遵從口語化的特點：貼近生活、易於上口、簡短、直接和生動。因此，影視作品要求其對白要做到雅俗共賞，一方面由於其瞬間性的特徵，另一方面影視對白都是生活用語，要求影視語言雅俗共賞，不能過於典雅，更不能太晦澀。但是不能過於典雅並不是說要很通俗，而是應該根據角色的身分而定，該雅的

時候就雅，該俗的時候就俗。如果為了通俗性，或者為了照顧觀眾的文化水準而將影視作品語言都翻譯成大白話，那麼就失去了影片追求的語言文化效果，違反了影視翻譯的目的。特別是那些專業性知識比較強的影視作品，正是讓觀眾學習異域文化或專業知識的好機會，這種臺詞就不能為了追求通俗性而簡化語言，否則不僅不符合影視作品場景和邏輯，而且會影響作品追求的效果。比如法律類電影中的律師在法庭上的舉證陳詞，其句式和邏輯一般都比較複雜，特別是結案陳詞的部分，通俗化的翻譯會顯得譯者非常不專業，讓觀眾不滿。

五、無註性

在文學翻譯中，譯者覺得讀者有理解困難之處，可以在該頁或該章節後做註解，但是影視翻譯者由於時空限制難以做這種註解。影視作品允許在對白之外做文字說明，也就是打上字幕。比如在故事開頭介紹故事的歷史背景，或者在片尾繼續介紹故事的結局，或者在片中打上地名、年份和人名。但是那是原片就有的，譯者為了註解而在作品中另外加字幕是受時空限制的，除了網絡字幕組的翻譯，上映大片中是不允許加上註解性字幕的。這樣會使觀眾目不暇接，註解字幕也會讓觀眾增加欣賞負擔，使觀眾覺得唐突和不知所云。

六、大眾化

一般來說，詩歌、散文和小說等文學作品有著明顯的深淺難易之分，對讀者的文字閱讀能力有著較高的要求。文學作品譯著的讀者的受教育水準往往都比較高，他們都有自己的期望，一些小說擁有精美的語言，即使其內容本身很難以理解，這需要讀者具備綜合性的知識。但是影視作品是大眾化的藝術，影視作品的語言必須符合廣大觀眾的教育水準，要求一聽就懂，如果故作高雅，脫離生活，效果反而會適得其反，這也是與影視語言的瞬間性特徵有關的。一部好的影視翻譯作品應該譯文與劇情渾然一體，使觀眾幾乎感覺不到翻譯腔調。

第二節　配音

一、配音的定義

配音（Dubbing）的定義分為廣義和狹義兩種。從廣義上來說，配音指的是任何在視聽作品中以一種聲音覆蓋另一種聲音的技術，包括旁白和解說等。

從狹義上來說，配音僅指以譯語為角色對口型配音，它包括語言翻譯和語言配音，是「譯」和「制」兩個連續的階段，最關鍵的環節就是對白的翻譯，譯者不僅要貼切地譯出原文之意，還要保證譯文能夠達到聲畫同步的效果，也就是配音演員的聲音要配上畫面人物的口型，表達的意義也要與畫面一致，等等。為了在有限的時間和空間內盡可能原汁原味地傳遞出原片的風土人情和人物性格特點，譯者要進行不斷地選擇和適應，這就如同給「戴著腳鐐跳舞的」譯者又加上了「手銬」。「譯」既是「制」的前提和基礎，又是「制」的內容。

　　譯製片是新中國成立後大多數中國人最初接觸到國外世界的載體。其實早在 1948 年，國內就出現了首部中文配音的義大利影片《一舞難忘》，由義大利華僑王文濤等在義大利譯製完成。不過該影片是由華僑在國外譯製而成的，因而並不算中國自己的譯製作品。自從 1949 年新中國第一部譯製片《普通一兵》誕生以來，中國對外國電影譯製已經走過了半個多世紀的歷程。20 世紀 70 年代到 20 世紀 80 年代中後期是譯製片的黃金時期。為了能讓中國觀眾看懂外語電影，配音演員做出了巨大貢獻。配音藝術家們的文學底蘊、語言造詣、敬業追求和精雕細琢才造就了中國電影史上屬於譯製片的重要的地位。童自榮、邱岳鋒、畢克、尚華、劉廣寧、李梓、丁建華等配音藝術家們的譯製作品已經成為中國電影不可缺少的部分。這些藝術家雖然有的已經逝去，有的已經沒有從事配音譯製事業多年，但是他們當時的聲音同他們所配音的銀幕形象成為一個不可分割的整體永遠印記在中國電影史上。經過配音譯製的影視作品，面貌煥然一新，成為中國觀眾心目中的經典之作。人們永遠不會忘記童自榮的清晰嗓音賦予了懲惡揚善的蒙面英雄佐羅新的中國生命；畢克富有磁性的嗓音讓飾演日本電影《追捕》中杜丘的演員高倉健成為中國觀眾的朋友……這些配音演員賦予了海外影視新的中國生命，同時也給了中國觀眾更多的選擇。賦予了中國生命的外國電影讓中國觀眾感到很親切。此外，配音對觀眾的文化水準沒有太高要求，識字不多、視力不佳的老人和兒童都很喜歡；觀眾在聽配音時不用分心去看字幕，觀感比較舒適流暢。

二、配音遵循的原則

（一）口型一致

　　相對於字幕翻譯而言，配音翻譯的要求更高，不但對白要翻譯準確，口型也要必須一致，即保證準確、生動、感人的前提下，力圖在長短、節奏、換氣、停頓乃至口型開口等方面達到與劇中人物說話時的表情、口吻相一致，盡

可能地讓配音影片顯得更自然、真實。銀幕上演員在一個勁地搖頭那麼要給其配譯上帶「不」字的話語，反之若銀幕上演員在不時地點頭，這時哪怕原版片中沒有話語，為確保其真實性，必須給這樣的場景配些表示肯定的語氣詞。例如，英國王妃戴安娜在接受英國廣播公司（BBC）採訪時說過：「No, not at all, I come from a divorced background. I didn't want to go into that one again.」翻譯成中文：「不，絕對不是。我來自一個婚姻破碎的家庭，絕不會希望重蹈覆轍。」這樣人物表情和口型跟配音翻譯匹配上了，配音和字幕聲畫同步翻譯，讓譯語觀眾感受到與原語觀眾一樣的語言信息和情感。

要做到口型一致，首先要保證長度一致，譯者要考慮字數的對應，中文句子的字數要和英文句子的音節數基本吻合。如果在長度上出入太大，就要考慮對白內容上的增減，時間太長或太短時適當增加或刪減一些內容，但不能影響原文的意義，並且與原文風格和語境一致。需要縮減時，注意精煉原語內容，保留與上下文相關的信息。否則短句翻譯過長就會改變人物性格，不符合忠實的原則，使原本成熟穩重的角色可能顯得輕率浮躁。如果長句翻譯成短句，那麼原本熱情奔放或激動暴躁的人物性格將在譯製片中消失殆盡。

舉例如下：

Jane：Do you think because I am poor, obscure, plain, and little, I am soulless and heartless? I have as much soul as you, and full as much heart!（《簡·愛》）

譯文1：你以為，因為我窮、低微、不美、矮小，我就沒有靈魂沒有心嗎？我的靈魂跟你一樣，我的心也跟你完全一樣！（祝慶英譯）

譯文2：你以為我不漂亮，也不富有，就沒有靈魂，沒有愛嗎？我也是有心的人！（張春柏譯）

譯文1是文學作品的翻譯，追求語言形式上的忠實，譯文2是電影劇本的翻譯，譯文追求口型及句子長短的一致，讀起來還要朗朗上口。

口型一致還要注意選詞保持開合一致，特別是在原文句子中間停頓以及句尾的字更要注意與口型吻合。如果英文對白最後一個音是閉口音，那麼翻譯時最後一個中文發音就不能是開口音，整句話的節奏和口型趨勢也要盡量與英文對白一致。人物正面特寫鏡頭對口型最高，遠景就要求沒那麼高了。

（二）人物性格化和情感化

由於社會階層、年齡、性別、受教育程度、經歷以及其他社會因素的影響，人都有自己的語言變體，有著人物獨特的特色。因此，人物語言是塑造典型人物、刻畫人物形象的重要手段之一。譯者在翻譯時，為了做到語音與畫面的貼合，要準確把握劇中人物的個性，譯文需要根據不同人物轉變不同風格，

使配音或者字幕言如其人。例如，硬漢形象要用堅毅、嚴酷的口吻；而少兒形象則要輕鬆、可愛一些。而即使是同一人物，處於不同情緒下，其語言表現形式也會有所改變。因此，譯文的語言風格可謂是千變萬化。另外，任何語言都有時代性，語言的時代特徵主要表現在詞彙層面，翻譯一部影視作品時，要結合其題材類型、時代特徵以及人物性格特點，譯文要有符合原影視作品的風格。

譯者還要考慮人物情感和情緒的對應，聲音的高低、輕重、快慢可以表達不同的意義和情感，恰當的腳本翻譯必須掌握好語言節奏的輕重緩急。不同的語言有其獨特之處。英語是語調語言（Intonational Language）和重音語言（Stress Language），不同的語調、重音表示不同的態度、口氣和感情，而漢語是聲調語言（Tone Language），說話者要靠陰、陽、上、去四聲來區別，譯者要努力使譯文對白與原文在節奏、輕重以及停頓等方面與劇中人物一致。

舉例如下：

Janvin：Good evening, Ma'am. I'm sorry to disturb... but I've just had a call from our Embassy in Paris. It's Princess of Wales.

簡弗林：晚上好，陛下。很抱歉打擾您，我剛剛接到駐法大使打來的電話，他說威爾士出事了。

「他說威爾士出事了」是譯者額外增加的信息，一方面彌補字數，照應說話節奏，另一方面也能幫助觀眾更好地瞭解劇情的發展。

（三）語序與畫面一致

不同的語言在表達同樣的內容時，語法和句法結構是不一樣的，人物語言與人物的表情、動作順序要保持一致不是件容易的事情。有時候按照原對話的語序得出的譯文對白會造成配音和畫面不一致，會影響觀眾欣賞。為了使配音和屏幕畫面配合完美，譯者必須採取以戲劇性情景聲畫同步為主，語義、語音聲畫同步為輔對譯文語序做調整的配音翻譯策略來保證銀幕上演員所說的話符合現實，以此加強畫面的真實感。

舉例如下：

Nigel：He ties this demon to a rock, and what's his reward? He gets to battle an entire jellyfish forest! Now he's with a bunch of sea turtle on the E. A. C... And the word is he's headed this way right now... to Sydney!

大嘴哥：於是他把那個怪物捆在了岩石上，結果怎麼樣呢？他又和無數個海蜇展開了生死搏鬥。據說，目前他正在和海龜一起從東澳大利亞洋流直奔悉尼，就快到了！

這一段中，熱心開朗的大嘴哥（Nigel）找到尼莫，宣揚馬林的英雄事跡。因為興奮而語速飛快，說到精彩處，更是指手畫腳，眉飛色舞。對於這一部分譯者要考慮如何精簡漢語、調整語序，使其口頭語言與肢體語言相應。比如說到「tie」時，大嘴哥做了一個捆綁的動作，快速敏捷，而譯文為「把那個怪物捆在」，等配音說到「捆」時，動作已經結束，比原文慢了一拍，建議改為「他綁了怪獸拴在石頭上」，與原文畫面動作保持一致。又如，在「forest」處，大嘴哥有一個雙翅張開的動作，表示水母陣勢之大，然而因譯文不夠簡潔，之前又有延遲，大嘴哥動作結束時中文配音只進行到一半，如果改為「接著呢？他又大戰整個水母群」，就更加一致了。

　　「And the word is he's headed this way right now... to Sydney!」中文翻譯調整了語序，符合漢語表達習慣，但與畫面結合不夠緊密。大嘴哥說到「headed this way」時，向下指了指，表示就來此地；說到「Sydney」時，張開雙翅表示最後高潮，但是譯文結尾平淡，失去了最後的震撼力度，不如順應原文語序，改為：「聽說正往這來啊——來悉尼！」①

三、配音的藝術缺失

　　演員的聲音是影視作品非常重要的組成部分，配音有時候不可避免地會造成藝術表現的損失。這方面最突出的就是方言和口音譯制的失色。

　　影視作品為了突出演員的身分、社會地位和性格等，這些細節往往通過角色的口音或方言來塑造，這也是語言的功能之一。《亂世佳人》是一部以美國南北戰爭為背景，講述了主人公斯嘉麗與白瑞德之間一段跌宕起伏的愛情故事的電影。斯嘉麗是美國南方種植莊園的千金小姐，因此其扮演者費雯·麗的英語帶有美國南方口音；《尖峰時刻》的黑人演員克里斯·塔克講話速度極快，並帶有明顯的黑人英語特徵；著名演員梅麗爾在電影《廊橋遺夢》中說的義大利口音的英語。這些細節很好地體現出演員的家庭背景，但在譯製片裡這些口音都無法配製。如果影視劇裡面的人除了講英語還講第二種語言，以突出劇中人物的文化背景或者語言天賦，但這種語言效果，配音演員也是很難去複製和傳達的，只能全部用普通話去配音，失去了原片的藝術特色。

　　中文也是如此，國內很多影視劇運用了方言，很多方言裡有特色的文化底蘊都無法通過翻譯反應出來，像《瘋狂的石頭》裡面的重慶方言，《心急吃不了熱豆腐》裡面的河北方言，《走西口》裡面的山西方言，《茉莉花開》裡面

---

　　① 項霞. 配音翻譯難點解析[J]. 寧波大學學報（人文科學版），2008（5）：54-58.

的上海方言，《劉老根》《鄉村愛情故事》裡面的東北方言。很多方言一旦用普通話來說，影視作品就失去了那種韻味，不能鮮活地表現出一方水土一方人的性情和趣味，那種方言的喜劇效果用普通話都難以取得導演本身想表現出來的欣賞效果，更不用說用英語去譯制，這是譯製片難以逾越的障礙。

第三節　字幕

一、字幕的定義

字幕（Subtitle）是指通常以文字呈現影片中的對話或旁白，或是協助觀眾瞭解對話以及其他信息，包括聲音類的背景音樂說明、電話鈴聲以及影片音軌中的其他聲音；非聲音類的如影片中出現的字、詞等語言類的信息。字幕的英文定義是「the process of providing synchronized captions for film and television dialogue (and more recently for live opera)」。隨著20世紀初電影的發明，電影字幕於1903年出現。字幕最初是為了讓原本無法瞭解音軌內容的觀眾瞭解影片內容，或為聽障人士以及不瞭解影片原語的人士提供便利，使更多的觀眾能夠欣賞影片。這些字幕，最初是指畫在紙上或印在紙上的文本，並以菲林拍攝下來置於影片的連續鏡頭之間。字幕及字幕翻譯在歐美國家伴隨著影視業的發展而突飛猛進。目前最新的電視字幕製作技術，即字幕生成器（Caption Generator）技術可將文本插入影視作品中，這一技術加之計算機以及相應軟件相佐，可以自動將時間分軸，將字幕插入到電視圖像或電影屏幕之上。①

根據雅各布森的分類法，字幕翻譯可以分為三類：語內翻譯（Intralingual Translation），即在同一種語言之內以某種語言符號去解釋另一種語言符號；語際字幕（Interlingual Subtitle），即在保留影視原聲的情況下將原語譯為目的語，疊印在屏幕下方的文字；符際翻譯（Intersemiotic Translation），即以一些非語言符號去解釋語言符號，又或者以一些語言符號去解釋非語言符號（Jokobson，1971）。本書後面所講的字幕翻譯都是語際翻譯。字幕翻譯是想讓觀眾在理解電影的基礎上感受原汁原味的外國風情。字幕電影的受眾一般為受過良好的英語教育，又或者是對外來文化持有開放態度的想感受原汁原味異國情調的年輕一代。

在中國，所有的外語片都只能通過中影和華夏兩家公司發行。相應地，中

---

① 杜志峰，李瑤，陳剛．基礎影視翻譯與研究［M］．杭州：浙江大學出版社，2013．

文字幕的翻譯也有著嚴格的管理。根據規定，外語片需要做兩次字幕，先是由片方找人做粗略的第一版字幕，交送監管機關審查；然後由影片駐中國的發行公司委託中影或華夏兩家公司進行譯制。中影集團進出口公司會具體把這項工作分配給四個譯制單位（中影集團譯制中心、上海電影集團譯製片廠、長春電影集團譯製片廠、八一電影製片廠）進行譯制。當然，片方雖然沒有自己譯制字幕的權利，但並不意味著對字幕完全喪失了掌控。以迪士尼發行公司為例，其會有專職人員和翻譯溝通，並明確翻譯方向，比如嚴肅的或者搞笑的，甚至有些片方就專門指出「我就要接地氣的」。

二、字幕的特點

不少影視翻譯學者（Diaz Cintas & Remael, Gottlieb, Lindberg 等）都認為，讓觀眾在不知不覺間閱讀的字幕是最好的；如果字幕過於突出，將妨礙觀眾「閱讀」視聽文本並理解字幕，因此字幕譯者必須有意讓字幕做到「透明」。

字幕翻譯會省略標點符號。在字幕翻譯中，除了書名號和英文音譯名字中的點，其他標點符號都不允許添加，這雖然能為文字騰出空間，但缺少標點符號也給字幕翻譯帶來很多難題，比如預期的表達。

字幕翻譯應具有效率原則與經濟原則（Sidiropoulou, 2012）。字幕譯者要最經濟（即以最省力的處理方式）最有效地傳達信息。經濟原則的應用程度視文本片段在影視作品結構中的重要性而定。由於時空限制，字幕往往會保留影視作品結構中關鍵部分的對話信息，而對非關鍵部分的信息進行選擇性省略。

三、互聯網字幕組的崛起

影視作品的跨境傳播往往受到國家政策、版權、渠道和語言障礙等因素的影響。近幾十年來，英美影視作品在中國的傳播除了官方渠道進口的大片和少量的電視劇之外，很大一部分是通過字幕組的辛勤勞動在互聯網上進行分享和傳播的。互聯網的發展為影視作品在世界範圍內的傳播提供了前所未有的便利。互聯網時代，影視作品的愛好者通過進行字幕翻譯，從單純的、被動的觀眾變成了能動的參與者和文化的傳播者。人人影視、伊甸園、風軟等民間字幕組在中國都頗有名氣。字幕組的成員大多學歷較高，其中不少身在海外或擁有海外留學背景。這群進行影視作品翻譯的愛好者英文名為「Fansubbing」。如果沒有網絡作為依託，字幕組就像是校園內的一個興趣活動小組一樣，並不會

有太大的影響力，互聯網改變了組織成員之間的聯合方式與字幕製作的工作模式，實現了多人在線工作的「聚沙成塔」。不同於傳統譯製片在片尾滾動播出譯製人員名單，字幕組習慣於將譯製人員的名字放在片子的最前面，而且這些名字都是虛擬的網名。具有中國文化特色的非盈利性質的字幕組秉持著自由、無償、共享的價值觀，對中國廣大的網絡受眾瞭解外來文化做出了值得肯定的貢獻。進口影片字幕不可能加註解，而網絡字幕組的字幕翻譯的句子沒有長短限制，在視頻上甚至打括號註釋。網絡字幕組的翻譯不像一些正規、專業的翻譯那麼生硬，而是創造性地、貼心地在對白旁邊加了註釋，比如一些文化、歷史方面的典故，這為語言文化學習者提供了極大的方便。各個字幕組之間的競爭往往也不是商業角度的競爭而是業務角度的競爭，互相比速度、比質量，這種良性的競爭必然會促使其翻譯質量越來越好。

但是網絡字幕組的迅速發展也引來了一系列問題，如字幕組重複製作、無序競爭、製作無規範、自身發展桎梏，其中最突出的就是版權爭議。如何合法引導網絡字幕組推動影視作品跨境傳播，值得我們深入思考。中國研究者對字幕組已經進行了不少有建設性的探討，包括翻譯流程、版權、倫理、認同機制、翻譯方法與策略等，但主要集中於翻譯外國影視作品上，對如何利用字幕組推動中國影視作品的跨境傳播研討的學者的人數並不多。國外有家影視網站 Viki 的做法值得我們借鑒，Viki 最初是斯坦福大學與哈佛大學的研究生課程項目，目的是利用科技的便利去翻譯有趣的視頻、練習語言、打破語言屏障和分享文化多樣性。Viki 網站主要播放的是來自韓國和中國的影視節目。Viki 的譯者也是由影視愛好者自發組成，提供無償的或者近乎無償的翻譯服務。但是其突出的一點就是合法性方面與中國字幕組不一樣，Viki 網站發布的影視作品都是獲得版權的視頻，是由 Viki 通過商業運作與世界各地的電視臺、製作人和經銷商合作，購買播出視頻的版權，獲得影視作品播放與翻譯許可。通過技術手段，用戶只能在線觀看視頻和字幕，不能下載視頻或者字幕，很好地保護了影視作品的版權和著作權，也為譯者提供了可持續的合法平臺。Viki 網站的做法是值得我們學習的，要實現字幕組健康成長、確立字幕組統一的工作流程、合法的操作規範、正確的道德準繩才是保證其發展的必要條件，也是繁榮中國文化事業、服務人民生活的重要力量。

四、配音與字幕之爭

配音和字幕是影視翻譯的兩種重要形式，兩者之間有很多相似點。首先，字數都受時空限制，也就是聲（字）畫同步，影視作品的譯文與影片中的對

白、聲響以及畫面動作保持一致，使字幕、配音聲音與畫面形象保持同步進行的自然狀態；其次，兩者的語言都要通俗同時表現人物性格。

配音和字幕的不同點在於：第一，配音要對口型，口型的開合、臺詞的停頓和重複以及說話的節奏都要與畫面同步，而字幕沒有這種限制。第二，配音翻譯與字幕翻譯不同，字幕翻譯沒有改變原聲，只是添加了視覺媒介，即屏幕上的字幕，而配音則是徹底改變了原聲，只讓觀眾聽到目的語，觀眾對原語一無所知。第三，因為配音翻譯的特點，配音翻譯的製作流程跟字幕翻譯相比自然就要更複雜。一般翻譯時，都要求字幕翻譯和配音翻譯兩個版本。配音翻譯需要照顧到口型、肢體語言與對白的結合，而這些在字幕翻譯中都沒有做要求。如果譯稿按照字幕翻譯的標準來完成的話，會給後期配音造成很大障礙，直接影響配音進程和配音質量。第四，同步性要求不一樣。字幕翻譯以書面形式呈現在畫面上，會影響畫面美觀，分散觀眾注意力，為了彌補這兩個缺陷，字幕翻譯要求譯者限制每行字數，盡量減少觀眾閱讀字幕的時間，用字要謹慎。李運興在《字幕翻譯的策略》中提到字幕宜選用常用詞、小詞和簡短的詞語，句式應簡明，力戒繁復冗長，惜用過長的插入成分、分詞短語和從句。[1]

莫娜·貝克（Mona Baker）在《翻譯百科全書》中談到影視翻譯時提出，一個國家採取的譯制方式，取決於多種因素，其中包括製作費用、技術水準、本土觀眾的文化水準與對外語的興趣、本國的文化開放程度以及本土電影的發達程度等。在歐洲國家，由於存在雙語及多語現象，不少觀眾能夠聽懂、看懂兩種語言以上的外國影片。對於採用字幕還是配音，每個國家都有自己的選擇。比利時、荷蘭、希臘以及北歐諸國以字幕譯制為主，而法國、德國、義大利、西班牙等國家以配音譯制為主。[2] 配音是保護民族語言的一種有效手段，能夠減弱對民族語言文化的衝擊。法國、德國、義大利、西班牙等國的民眾英語水準較高，大多數人觀看原版電影幾乎沒有什麼問題，但是通過配音可以減弱英語對本民族語言文化的衝擊。

對於中國的電影市場而言，隨著改革開放的進一步深入，國人學習外語的熱情空前高漲，學英語熱的興起使配音電影失去了一大批文化層次較高的觀眾，相比起中文配音版的譯製片電影，他們更願意選擇原聲字幕版電影觀看，覺得原片音效好、原汁原味。大量的國外影視作品被愛好者用來作為學習語言

---

[1] 李運興. 字幕翻譯的策略 [J]. 中國翻譯，2001（7）：38-40.
[2] 康樂. 中西方影視翻譯理論研究發展與現狀比較 [J]. 商情（科學教育家），2007（10）：81-86.

的有力工具，並且學習成效很好。隨著 2000 年前後電影市場的低迷，同時配音譯制的費用一般是字幕翻譯的幾倍左右，譯制業的發展受到重創，進而行業萎縮，從業人員流失。電影市場化運行後，中國的電影譯制廠只是作為中國電影集團公司的一個生產加工車間，並不擁有自主經營權，一部電影的成功上映最終分撥給電影譯制廠的資金寥寥無幾，經濟收入狀況不佳是導致譯制人員工作熱情衰退、不再擁有過去配音演員精雕細琢的工作態度、工作質量下降的原因之一。目前，全國僅剩下四家從事進口電影節目譯制的單位，每年的有效產量也很低。隨著中國電影市場的再次起步，大量的外國影片通過不同渠道進入中國，而專業性強、回報率低的譯制業卻無法順應紅火的電影市場同時起步，配音風格已經不能滿足中國觀眾多方面的要求，原聲電影加字幕應運而生。時代、體制、技術、配音人員素養等多方面原因共同造成了中國譯製片配音的發展困境。但是上海電影譯製片廠、長春電影製片廠譯製片分廠、北京電影譯製片廠譯制的經典電影和電視劇作為一個時代的印記給人們留下了美好的回憶。有人做過精準的統計，中國人看原版電影，沒有字幕的話，信息量只能獲取 20%，加上字幕能達到 60%～70%，而如果是好的配音則能達到 80% 或者更高。當然，這個配音是指譯制者們將配音作為藝術而不僅僅是個營生。可想而知，譯制工作是非常有意義但又是非常艱難的。

近年來，迪士尼、皮克斯等國外著名電影公司不斷推出面向全世界的優秀外語動畫片，這些動畫片在中國市場也受到了孩子們的廣泛歡迎，以兒童為主要受眾的好萊塢動畫大片必須發行和放映中文版，配音又重新擁有了很大的市場。「明星配音」策略被各個譯製片廠用來吸引更多的觀眾。採用明星來配音，可以借助明星本身的號召力增加影片的人氣，這無疑是譯製片市場的一劑清新劑，為保證電影票房上了雙保險。明星贏得了高收入、增加了人氣，和電影出片方共同達到了雙贏的局面。有些配音版的動畫片在國內播放時甚至超過了原片在原語國家的受歡迎度。例如，好萊塢動畫片《美食總動員》裡面，知名主持人何炅、謝娜和李維嘉共同助陣參與了配音工作，受歡迎程度極高。因此，譯製片導演在選人時就要特別注意配音人員的聲音是否符合片中人物角色的外形及性格特徵，是否有駕馭所配角色的語言表達能力。

配音和字幕譯制各有一定的受眾群體，我們不能果斷說孰好孰壞。電影翻譯進入了配音與字幕並存的時代，配音仍有佳作，原聲片加字幕也受到中國觀眾的青睞，形成了二者競爭並存的格局。儘管很多進口大片在院線上映時都採用了字幕翻譯的策略，但是在 CCTV6 頻道播放時，大多數都是配音譯製片。其原因在於：第一，字幕閱讀需要一定的文化程度，而中國尚有一定數量的文

盲和半文盲以及大量還處於學字階段的兒童。第二，看字幕分散視覺注意力，特別對於視力不太好的觀眾，影響視聽效果。第三，因為說話的速度一般比閱讀文字的速度快，再加上屏幕的限制，所以字幕要做到與實際話語同步很難。中國大影院一般都會照顧各方面的需求，同一部電影的放映擁有兩種譯制模式，供觀眾自己選擇觀影模式。其實，譯製片與字幕片並存的模式是影視翻譯領域最為理想的狀態，這不僅能夠豐富國內外語片的傳播形式，同時也能為國內觀眾提供觀看外語片的多種選擇，也更有效地幫助國人瞭解外面的世界。因此，如何使得這種「共存」的模式平衡發展下去，是我們學者應該關注的問題。

從華語影視作品走出去的角度而言，據分析，海外觀眾更青睞於配音。《卧虎藏龍》獲得了奧斯卡獎，受到海外觀眾喜歡，一個主要原因就是臺詞全部英語配音，沒有字幕，符合海外觀眾的觀影習慣。近年來，中國電視劇在非洲受到歡迎，除了現實題材和年輕人為主的故事以外，還與用當地母語配音有關。《媳婦的美好時代》是首部被翻譯成斯瓦希里語的外國電視劇，配音對當地文化程度不高的觀眾來說是最適合的翻譯方式。

因此，進口影片引進我們可以採用配音和字幕兩種方式，華語影視作品走出去我們則可以採用配音的譯制模式。

第四節　進口影片的配音和字幕問題以及對策

什麼叫進口影片？凡屬從外國及中國港、澳、臺地區進口發行的影片或試映的拷貝（包括35毫米、16毫米、超8毫米、影片錄像帶和影片視盤等）都叫進口影片。中國對於進口影片有專門法律進行規範，並由中國影視作品發行放映公司統一經營管理。中國自默片時代就開始引進外國影視作品了。1896年8月11日，法國盧米埃爾兄弟公司在上海徐園內又一村放映「西洋影戲」，這是中國第一次放映影視作品。次年7月，美國影視作品放映商雍松（James Ricalton）攜愛迪生公司的放映設備前來上海，在天華茶園等處放映影視作品。在北京，直到1902年才有商人在前門打磨廠福壽堂放映《腳踏賽跑車》等片名譯制粗糙的西洋短片。但是，中國譯界真正介入進口外來影像的翻譯則發生在20世紀30年代，放映的影視作品的類型與題材都極為豐富和多元，其中以1940年進口的好萊塢史詩大片 Gone with the Wind（《亂世佳人》）的片名翻譯最為令人矚目，可謂流芳百世的佳譯。中國譯界大規模介入引進外國影視作

品,並且進行翻譯的歷史始於改革開放後的 1992 年。當時,在國內影視作品市場低迷的背景下,經原廣播影視作品電視部影視作品局批准,每年可以進口 10 部「基本反應世界優秀文明成果和表現當代影視作品成就」的影片。1994 年,中國引進了第一部進口分帳大片 The Fugitive,譯名為《亡命天涯》。《亡命天涯》全國票房收入達到 2,500 萬元,給當時國內不景氣的影視作品市場注入了一針強心劑。從 1995 年開始,中國每年都引進 10 部好萊塢大片。1998 年,名為 Titanic(《泰坦尼克號》)的淒美愛情大片被引入國內,為當年中國影視作品總票房貢獻了 1/5 的收入,達到 3.2 億元。2001 年,中國成功加入世界貿易組織,依照世界貿易組織的要求,中國每年進口的分帳大片數目增加到 20 部。直到 2012 年,中方與美方達成《中美影視作品協議》,進口分帳片數量增加到 34 部。進口「大片」第一次讓影迷有了「看不過來」的感覺。其中,《黑客帝國 2》《終結者》《諜影重重 2》《怒海爭鋒》《哈利波特》《海底總動員》《指環王 2》《鋼琴師》《木乃伊歸來》《兵臨城下》《盜夢空間》《阿凡達》《冰雪奇緣》《地吸引力》以及《霍比特人》系列、《鋼鐵俠》系列、《超人》系列等英語影片的引進和譯製不僅給中國影迷帶來賞心悅目的精神享受,也充分展示了影視翻譯人員的專業素質。百餘部英語影片片名的翻譯可謂「譯」彩紛呈,使這些好萊塢大片進入中國後大放異彩。①

在全民學外語、字幕組遍地開花的互聯網時代,帶著幾分官方色彩的影視作品字幕翻譯正遭遇著空前的信任危機。在糾纏了中國翻譯界上百年的「信、達、雅」的難題的領域譯者跟觀眾的關係一度更是到了「劍拔弩張」的程度。觀眾抗議恢宏巨制的好萊塢大片被配上拙劣的翻譯讓觀影效果大打折扣。比如《復仇者聯盟 2》上映時,字幕翻譯就遭到觀眾的「聲討」。有觀眾認為,片中的美國隊長說「Even if you get killed, just walk it off」,原意是「即使你快死了,也必須咬緊牙關撐下去」,結果卻被譯者翻譯成「有人要殺你,趕緊跑」。「walk it off」不等同於「walk off」。「walk off」有走開、離開的意思,「walk it off」的使用範圍很廣,語境涉及痛苦、傷痛,只要覺得對方還能堅持下去,就可以說「walk it off」。學語言必先學文化,語言是文化的載體,語言是文化的符號,如果對語言背後的文化沒有瞭解,望文生義的翻譯肯定會貽笑大方,令人不滿。而「I am Ordin's son」,意為「我是奧丁的兒子」,被翻譯成「我是奧丁森」,則成了最明顯的錯誤。很多觀眾反應進口影片中很多人物對話的臺

---

① 滕繼萌. 中西文化語境下的進口英語影片片名的漢譯以及中文影片片名的海外市場差異分析 [EB/OL]. (2014-07-23). http://blog.sina.com.cn/s/blog_58d8198f0102uxqi.html.

詞本來風趣幽默，卻被譯者譯成了一杯寡淡無味的白開水，甚至認為《復仇者聯盟2》的字幕翻譯還不如網絡軟件翻譯。2014年上映的《銀河護衛隊》，有影視翻譯愛好者發現全片翻譯錯誤不少於40處。《諜影重重5》中伯恩也就30句臺詞，但院線字幕翻譯錯了就不止30處，其中伯恩打黑拳的地方是希臘與阿爾巴尼亞邊界，而翻譯的是希臘與馬其頓邊界，《華盛頓郵報》（*The Washington Post*）被誤譯成《紐約時報》。除了這些常識性翻譯硬傷，譯者翻譯的風格也曾引起了不小的爭論。2012年上映的《黑衣人3》，字幕中加入了「地溝油」「坑爹」「穿越劇」等當年國內流行語，被指「往老外嘴裡硬塞國產熱詞、潮語」。對於這些被指幾乎完全歪曲了臺詞原意，甚至扭曲了人物性格的錯誤，譯制機構也給出了自己的理由：時間緊、任務重、收入低，加之需要保密，人員招募嚴格受限。

　　20世紀七八十年代是配音譯製片最輝煌的時期，那時候沒有市場化體制下時間、成本和效益的壓力，影視作品譯制更加注重翻譯的忠實性和藝術性。當時各個譯制廠都有自己培養的專職翻譯，這些人才才是語言專業出身，專門從事和研究影視作品翻譯。計劃經濟體制下，翻譯一部影視作品的時間十分充足，可謂綽綽有餘。翻譯完成後，有譯制導演和配音演員對臺詞進行修改和潤色，保證了譯製片的高質量。此外，當時媒介生態環境落後，公映的只有配音譯製片，觀眾聽不到影視作品原聲，也看不到原版影視作品字幕，加上當時觀眾英語水準普遍偏低，因此翻譯是可以藏拙的，翻譯出現個別失誤，觀眾也無從瞭解辨別。即便是原聲字幕版，字幕翻譯也不太受關注。當時國內的影視作品無論是拍攝技術還是故事情節都遠遠落後於國外影視作品，觀眾看外國影視作品時，精力大多被劇情吸引，極少關注臺詞翻譯。現在資訊發達，英語水準高的觀眾很多，翻譯不可能藏拙了，億萬雙觀眾的眼睛都盯著字幕，每一個人都是批判家、評論家。這一方面增大了翻譯人員的壓力，另一方面也督促翻譯朝更好、更規範的方向發展。①

　　即使譯者們背負著如此大的壓力，觀眾極力呼籲優秀的字幕組加盟引進片翻譯團隊，但根據國家廣播電視總局影視作品局的相關規定，進入國內大銀幕上映的進口分帳片和買斷片仍然只能由中影進出口公司把翻譯任務分配給上海影視作品譯制廠、長春影視作品集團譯製片製作有限責任公司（簡稱長影集團譯制廠）、中國影視作品股份有限公司譯制中心（簡稱中影集團譯制中心）

---

① 周南焱. 進口片字幕翻譯那些糟心事兒：翻譯20年 一朝背罵名［EB/OL］.（2015-06-04）. http://news.xinhuanet.com/edu/2015-06/04/c_127876862_3.htm.

和八一影視作品製片廠這 4 家單位譯制。目前，國內只有長影集團譯制廠和上海影視作品譯制廠有在職和專職的配音演員和翻譯。國內的 4 家譯制單位在翻譯類型上也各有側重：中影集團譯制中心以傳統好萊塢大片為主，《阿凡達》《泰坦尼克號》《指環王》系列等都出自它之手；上海影視作品譯制廠主要也是以商業大片為主，比如《蝙蝠俠》系列和《盜夢空間》等都出自它之手；八一影視作品製片廠傾向譯制戰爭題材的影片，像《拯救大兵瑞恩》《珍珠港》《斯大林格勒》等都出自它之手；長影集團譯制廠在動畫片以及韓國影視作品的譯制上較占優勢，《馬達加斯加》系列都出自它之手。其中，進口系列片會考慮翻譯的延續性，像《指環王》系列、《饑餓遊戲》系列和漫威系列一直都由八一影視作品製片廠翻譯。「影視作品譯制資質」這一行政門檻決定了所有合法進入中國影院供應的外國影視作品字幕翻譯工作只能由這四家機構辦理，否則其在發行等行政審批中難以獲得批准。

現在大銀幕上的影視作品中文字幕翻譯嚴格意義上應稱為中文對白翻譯，這是譯製片製作過程中的重要環節之一。因為臺本要用於指導後期配音，所以譯詞必須與影視作品中演員口型的張合契合。幾年前，採用的是原聲版字幕和配音版字幕「翻譯雙軌制」。英文原聲版的字幕，中影集團譯制中心會根據進口影片方的送審版字幕進行校對和修正；而中文配音版拷貝翻譯由譯制廠負責。最近幾年政策有了調整，官方規定原聲版字幕必須參考譯制廠的配音口型，也就是原聲版和配音版的翻譯工作都由四大譯制廠全權負責，進口影片方的送審版字幕只剩下「送審」的功能。①

隨著這幾年中國影視作品產業越來越和國際接軌、中國觀眾英語水準越來越高，如何避免進口影片錯譯、誤譯的尷尬？又如何認真審視譯制過程中的各個環節中再現譯製片中外文化巧妙融合的經典？這是中國影視作品產業向前發展必須經歷的「陣痛」，痛定思痛，才能更好地走向專業化、產業化、市場化。

一、增加譯制的費用

重視影視翻譯，增加譯制成本，提高譯者待遇，制定一套標準翻譯流程，增加工作人員責任感。目前，一些譯製片廠沒有在編的譯製片導演、配音演員以及翻譯，都是依靠「外援」，也就是經過嚴格審查的、為數不多的具備足夠中英文能力的影視作品行業相關工作人員或者媒體人、大學教師、影視作品愛

---

① 揭秘進口大片中文翻譯幕後故事 [EB/OL]. (2015-06-09). http://www.sohu.com/a/18238359_126902.

好者等兼職翻譯。一部影片的票房動輒上億元，完全可以多投入一點時間和金錢來做翻譯。比如《復仇者聯盟2》的內地票房突破14億元，譯者拿到的翻譯費竟然不到4,000元。雖然進口大片的票房動輒上10億元，但譯制費也就「區區」5萬元。這5萬元的譯制費，包括製片人、導演、翻譯、錄音師、配音演員等所有人的費用。進口影片作為盈利產品，理應給翻譯們與其付出相匹配的報酬，加大譯制費用，這樣才能形成產業的良性循環。①

二、完善保密制度，建立影視翻譯知識產權保護體系

進口大片保密性強，一旦洩露責任重大。完善保密制度，用法律手段約束譯者不能以任何方式透露影片的具體信息，這樣就跳出進口大片翻譯局限於幾個譯制廠熟悉的譯者的怪圈，讓更多的能者進入其中。拿《復仇者聯盟2》來說，字幕翻譯人員要想翻譯出高品質的字幕，必須要瞭解漫威文化，還要瞭解當下美國流行語，否則，很難譯出抬詞中一些很微妙的意思。假設要做一部跟「魔獸爭霸」有關的影視作品的話，譯者準備得再多也許還不如「魔獸迷」資深。好萊塢大片裡有不少美國流行語，很多臺詞在辭典裡根本找不到，語言更新換代是一個難點，對譯者也是一個挑戰。任何人都有知識盲點，專業人士的幫忙完全可以很輕鬆地解決這個問題，對翻譯進行更多層次的把關，可以確保翻譯不失水準，為原著增色。譯制時可以邀請專業人員一起參與翻譯，不能為了防止盜版，造成影片翻譯壟斷和失色，讓譯者和觀眾都怨聲連天。

在進行影片翻譯的時候，原版權方會提供碟片拷貝，為了防止盜版，大多數會打上水印，有的還會有譯制單位或譯制人員的名字，這樣一旦流出，便有據可查。進口大片不能因為害怕洩密、害怕盜版，所以就「閉關鎖國」，應該打開行業壁壘，制度問題不解決，提升空間就難以保證，同時應該信任譯者，讓其確定對白使用場景，留給翻譯和配音演員更多的時間琢磨臺詞翻譯和配音的藝術性。近年來，觀眾對於字幕的抨擊已經漸漸平緩，不像以前的影視作品翻譯問題引起的反響那麼巨大，雖然仍有瑕疵，但劣評已大大減少，說明影視作品翻譯問題已經引起了譯者的重視並且做了很大努力避免出現錯譯。從片尾字幕可以看出，字幕的譯制方已經開始出現變化，比如《金剛》《美女與野獸》《賽車總動員3》等多部影視作品的片尾均出現一個新的翻譯名字「傳神語聯」（一家多語信息處理及服務提供商），引進片翻譯市場出現了全新的勢

---

① 韓瑋. 民間力量激活電影譯制「官翻」危機重重［EB/OL］. http://cul.sohu.com/20130823/n384872783.shtml.

力，四大譯制廠已經在積極想辦法解決觀眾提出的翻譯問題。

《星球大戰前傳3》的翻譯過程也是值得譯制廠和譯者借鑑的。片方請了中國傳媒大學顧鐵軍教授負責這部影片的翻譯工作，而顧教授開展翻譯工作時，採用了一種特別的方式——邀請多位「星戰迷」參與研討，為字幕翻譯提意見。另外，一部由民間力量來參與譯制的影片是當時的《星際迷航：暗黑無界》，這部J.J.艾布拉姆斯執導的影片也是為數不多的翻譯質量得到好評的影片，翻譯模式也是值得借鑑的。譯者馬珈當時是和長影集團譯制廠的專業人士合作一同完成了這部影片的翻譯工作。進口影片字幕只能交給四大譯製片廠翻譯這樣的制度暫時不會完全改變的前提下，「外援」的加入已經開始變得有可能了。有了「外援」，准許優秀的民間力量進入到正版影視資源翻譯的陣營中，翻譯單位就可以在更廣的範圍內選擇翻譯水準、翻譯風格、專業背景等方面更合適某部影片的譯者或者團隊了。

三、譯者提高自身專業素質

譯者既需要對引進影視作品臺本中的內容進行翻譯，又要翻譯影片中如背景人物對話這樣的背景聲音以及特寫鏡頭中的文字內容。另外，譯者承擔的工作還有前後字幕的翻譯、撰寫影視作品梗概。對於譯者而言，一是要關注影片的文化背景；二是仔細而為之，不要出現了錯譯和漏譯，特別是那些經典小說改編的影視作品，很多專有名詞已約定俗成，無需「另起爐竈」。有些譯者功課做得不夠，對原著小說不熟，拿起一本字典就翻譯，勢必會引起觀眾的反感。比如奧斯卡獲獎影片《悲慘世界》源於經典文學名著，題材非常嚴肅，很考驗譯者的水準，冉阿讓、沙威、芳汀都是小說中的文學經典人物，名字已經深入人心，譯者應該尊重原著的風格，翻譯要有文學性，但影片譯者卻把警長沙威譯成「調查員賈維爾」，中文預告片更是把冉阿讓譯成「尚萬強」，片中大段歌詞譯得一點不押韻，不少觀眾抱怨「觀影情緒往往被字幕破壞掉」。對於專業術語的翻譯，譯者要日積月累，像漫威公司出品的超級英雄影視作品，大多數角色和故事具有連續性，一些人物習語、包袱、典故等可能隱藏在單部影視作品之外，只有對整個影視作品系列甚至漫畫系列都熟悉的譯者才能精準地捕捉到那些弦外之音。再如奇幻影視作品的人物、情節、時代背景設置均為奇思妙想，多與自然常理不符，但影片本身情節自成一體，有完整的關聯關係，其語言特點就有很多新創造的詞彙或表達方式。像最具代表性的《哈利·波特》系列作品就有很多奇幻類的新造詞，都是原著作者羅琳（J.K. Rowling）在英語語言的基礎上創造出的新詞，其中一些詞語與源語詞根存在

著緊密的聯繫，如人物姓名、魔幻動植物名、魔法地名、魔法食物名、魔法部門名、魔法物品名、魔法課程名以及出現頻率最多的魔法咒語。比如魔法物品中的「firebolt」是主人公哈利・波特所騎的魔法掃帚，譯者譯為「火閃電」讓觀眾想到了中國神話故事裡的哪吒的風火輪，而火閃電的速度和衝擊力比風火輪更為魔幻和具有高科技的感覺。翻譯之前，譯者要對這類非傳統語言有充分的準備，如何體現情節的奇、畫面的幻就是翻譯的第一要素。《哈利・波特》和《指環王》系列作品在中國取得了前所未有的成功，翻譯確實起到了很大的作用。①

　　對於進口影片翻譯中出現「國產潮語」的現象，這雖然是仁者見仁、智者見智的事，但為了保留影片的原意和觀眾觀影的代入感，流行語的使用還是應當更謹慎。在翻譯中使用國產流行語、網絡熱詞，確實改變了過去一些進口影片「硬譯」的狀況，增加了影片的趣味性，但這種顛覆也不能矯枉過正，要把握好這個度。畢竟譯製片在總體上講述的都是外國語境和文化背景，大屏幕上不斷出現美國喜劇片角色隨口就是一句中國成語、俚語或詩辭典故的畫面，真的變成一群外國人演繹中國故事，就貽笑大方了，這也會影響觀眾學習原汁原味的英語語言文化。字幕翻譯的發揮不能跟原意衝突，加入譯者自己意思而導致離原文萬里。對影片中的俗語、俚語，譯者應該找到合適的中文精準表達出來，這就要譯者發揮主觀能動性，對翻譯生態環境不斷地選擇和適應，從而翻譯出佳作。

　　各國的影視翻譯者都面臨著時間、內容、受眾接受度的多重考驗，這無疑是一種壓力，除了對內容加以把握之外，譯者還需要在壓力下快速決策、分析、重組、壓縮。同時，譯者還要和譯製導演、錄音師、字幕員、配音演員及時溝通、合作、協調，從而製作出高質量的文字翻譯。一部好的影視作品需要翻譯、譯製導演、配音演員相互配合，共同努力。

　　影視翻譯譯者要在忠實的基礎上做到語言流暢、豐富，把對白的內涵及潛臺詞恰到好處地進行藝術轉換。譯者要通過對文字或臺詞的拿捏和控制，把影視作品的思想、感情、內涵和情調傳遞給觀眾，讓目的語觀眾獲得原語言觀眾同等的藝術享受，引發思考。影視翻譯要受到口型和語言長度的限制，字幕不可以超出原對白長度太多，否則會使得觀眾觀影不適。同時，譯製片具有瞬時性、無註性、聆聽性的特點，翻譯出的臺詞必須使觀眾能在影院的有限時間內聽懂和看懂。翻譯影視作品原聲字幕和對白臺本是一項艱苦而富有挑戰性的工

---

① 杜志峰，李瑤，陳剛. 基礎影視翻譯與研究 [M]. 杭州：浙江大學出版社，2013.

作，猶如為影片加上明亮有神的眼睛，影片的靈魂、氣質、思想皆由此而生，譯者的尊嚴和價值也正在於此。① 因此，這就需要譯者投入更多的精力和智慧，對臺詞字斟句酌。作為現代譯製片的翻譯，在時間短、任務重的情況下，一定要不斷提高自身專業素質以適應當今譯制大片商業化製作流程的要求。通過信息公開與分享，譯制工作者既可以與同行保持密切的交流，又可以近距離瞭解觀影群眾的意見，促進譯製片質量的提高。

只有以更加規範化和高要求的製作標準、以精雕細琢的藝術創作態度對待這項工作，才會創作出觀眾喜愛的譯製片，譯製片才會繁榮。譯製片製片人應盡可能多地給翻譯、導演、配音演員進行再創作的時間，這樣譯製片在贏得高票房的同時，才能贏得良好的口碑。

---

① 賈秀琰. 譯製片中文配音真的會消失嗎？[EB/OL]．（2017-11-13）. https://www.sohu.com/a/204143414_282393.

第三章　適應選擇以及譯者理論概述

在過去的半個世紀裡，翻譯研究經過了語言學、文藝學、文化學、交際學、行動目的論、多元系統論、解構主義理論觀等不同研究視角的此消彼長、相互影響以及互為補充，翻譯理論流派紛呈的局面直接推動著世界翻譯活動的蓬勃發展。然而，由於研究者的研究興趣、所屬國別、文化背景、語言運用、教育經歷等因素的差異，現有翻譯理論的普遍性、哲理性、系統性、可操作性的局限和不完善也顯而易見。[①] 隨著科學家對生物體與其周圍環境（包括非生物環境和生物環境）相互關係的研究，人們開始從生態環境的視角來認識、理解和研究翻譯，試圖用自然科學理論研究譯者翻譯的問題。譯者必須適應翻譯生態環境，這也是「適者生存」，否則譯者就有可能被翻譯生態環境淘汰。

第一節　古今中外譯界對「適應」與「選擇」的論述

國外翻譯理論家捷克學者吉瑞·列維（Jiri Levy, 1967）最早提出翻譯就是選擇的論斷：「在翻譯過程中，譯者遇到一系列連續發生的情況，必須在一系列的選項中作出一個選擇……這種選擇貫穿於翻譯的全過程，並且各個選擇之間相互聯繫，最先做出的選擇為隨後的選擇提供了某種上下文。」彼得·紐馬克（Peter Newmark, 1982）指出：「翻譯理論關心的就是選擇和決定，而不是源發語篇或者目的語篇的運作原理。」美國翻譯理論家羅森娜·沃倫（Rosanna Warren, 1989）主編的文集《翻譯的藝術：譯苑之聲》（*The Art of Translation: Voice from the Field*）的引言中也提到了作品只有適應才能生存：

---

① 胡庚申. 翻譯適應選擇論 [M]. 武漢：湖北教育出版社，2004.

「它（翻譯）是一種認知和生存模式。當把文學作品從一種語言移植到另一種語言的時候，就像把植物或者動物，從一個地方移植到另一個地方，它們必須像個人或民族的『適應』和成長那樣，只有適應新的環境而有所改變才能生存下來。」德國哲學家施萊爾瑪赫（F. Schleiermacher, 1992）提出譯者和讀者兩者之一要做出妥協：「譯者或是盡可能地不驚動作者，讓讀者去適應作者；或是盡可能地不驚動讀者，讓作者去適應讀者。」沃爾夫拉姆・威爾斯（Wolfram Wilss, 1996）出版了《譯者行為中的知識與技巧》（Knowledge and Skills in Translator Behavior）一書，著重研究了翻譯過程，他也把翻譯過程看成不斷作出決定和選擇的過程。尤金・奈達（Eugene Nida, 2000）在他的論文《翻譯新視角》（A Fresh Look at Translation）提出了譯者需要做出適應：「翻譯過程中譯者要做出成千上萬的涉及選擇與處理的決定，以適應另外一種文化，適應另外一種語言，適應不同的編輯和出版商，最後還要適應讀者群。」

國內首位提出譯者要進行適應和選擇的是清代外交家、學者馬建忠。他指出：「譯成之文適如其所譯而止。」（馬建忠，1894）翻譯理論家劉宓慶（1990）進一步指出雙語中為了求得最大限度的適應，我們可以確定求得「最佳適應值」的參數圖式，作為探求和檢驗雙語適應效果及程序的可論證依據。他認為，適應性指原文應與譯文相適應，要求原文與譯文文體類別必須適應，如論說類正式文體譯文和科技類非正式文體譯文必須譯成原文的對應問題。《中華翻譯辭典》主編方夢之（1999）也認為：「同一原語信息可有不同形式的譯文，以適應不同層次的讀者群的需要，如《聖經》對不同對象有不同的譯本，令陽春白雪與下里巴人共存，讓文人雅士與凡夫俗子共享。」他在論述譯者的工作心理時指出：「翻譯的整個過程就是一個連續不斷地選擇的過程。且不說一開始對原作的選擇，原作選定後，先可選擇決定翻譯的類型：全譯、摘譯、縮譯或以譯為主的綜述。開譯後，大至篇章的格調與佈局，句間、段間的銜接與連貫，小至註釋的應用及其方式（夾註、腳註，還是文末註）等，無一不需要譯者的精心選擇。」李運興（2001）、金聖華（2002）也分別認為譯者的「具體任務是進行一系列的選擇，以使譯文和原文達到某種程度的對應」「翻譯的過程就是得與失的量度，過與不足的平衡。譯者必須在取捨中作出選擇」。許鈞（2002）專門探討了「翻譯之選擇」，提出「翻譯的選擇問題，貫穿翻譯的全過程」。

古今中外譯界都提出過譯者要做出適應與選擇的論述，翻譯中充滿了選擇活動，已成為翻譯界的共識，甚至有人提出翻譯過程構成一個系統，翻譯學的

建立就是用系統化的方法解決綜合治理的問題，也就是在種種選擇面前解決最優化問題（蕭立明，2001）。

第二節　維索爾倫的語言順應論

翻譯過程不僅存在大量「選擇」現象，也同時存在大量「順應」現象。比利時國際語用學學會秘書長耶夫·維索爾倫（Jef Verschueren）於 1987 年在其所著的《作為語言適應理論的語用學》（*Pragmatics as a Theory of Linguistic Adaptation*）一書中提出了語言順應理論（the Theory of Linguistic Adaptation），以一種新的視角來考察語言的使用。語言適應，即語言適應環境，或者環境適應語言，或者兩者同時相互適應。恰當的、成功的交流既是適應的過程，又是適應的結果。言語交際實際上就是在不斷地適應。1999 年，維索爾倫又推出《語用學新解》（*Understanding Pragmatics*），提出了語言具有選擇性等新觀念，並就語言選擇性與語言的順應性之間的關係進行了詳盡的論證。

維索爾倫認為，語言使用者之所以能夠在語言使用過程中做出種種恰當的選擇，是因為語言具有以下三個特徵：變異性、協商性和順應性。語言的可變性是指「語言具有一系列可供選擇的可能性」；語言的協商性是指「所有的選擇都不是機械地或嚴格按照形式－功能關係作出，而是在高度靈活的原則和策略的基礎上完成」；語言的順應性是指「能夠讓語言使用者從可供選擇的項目中做靈活變通，從而滿足交際需要」（Verschueren, 2000）。語言的這三個特徵對於翻譯研究很有啓發意義，也有助於解決一些傳統難題。例如，翻譯的可譯性問題，如果從語言的變異性和協商性特點入手，即語言具有一系列可供選擇的可能性，並且所有選擇都在高度靈活的原則和策略的基礎上完成，依此觀點，語言的可譯性在理論上是可以得到證明的。相比較而言，由於順應性指「能夠讓語言使用者從可供選擇的項目中做靈活的變通，從而滿足交際需要」，因此選擇是手段，順應是過程、目的和結果，語言的順應性對於整個翻譯過程的描述更具指導意義。動態順應是維索爾倫語言選擇論中的一個重要概念，主要指語言使用中的「意義的動態生成」[①]。第一，跨時空的順應。在用目的語重述時，譯者必須順應譯文讀者所處時代的時間環境，考慮譯文讀者的審美心

[①] VERSCHUEREN J. Understanding Pragmatics [M]. Beijing: Foreign Language Teaching and Research Press, 2000.

理和接受能力，才能使交際有效進行。像《羅密歐與朱麗葉》(Romeo and Juliet) 朱生豪先生的譯文和方平先生的譯文風格不一樣是順應了不同時代譯文讀者的社會和文化規範，這也從一個角度說明了「重譯」的必要性。第二，社會文化語境對語言選擇的制約。語境是動態的，根據語境來選擇語言並作出順應的動態性，與交際雙方所處的社會關係及其認知心理狀態有關。第三，翻譯中意義的動態生成。意義的生成是一個動態過程，語言的選擇與順應貫穿翻譯活動的始終，體現於譯者與原文、譯文之間的互動過程。每一個譯文都是譯者遵循順應語境和語言結構的原則而不斷做出選擇的結果。譯本沒有最終版本，永遠可以進行再協商。第四，翻譯過程選擇與順應的意識突顯。在順應論框架內，翻譯就是譯者在不同意識程度下動態地對譯文語境及語言結構等層面做出順應性選擇的語言轉換和文化傳遞的過程。譯者在翻譯實踐中動態地順應具體語境才能正確地進行譯文語言的選擇，做到最貼近地表達原語的意思。譯者意識程度高就會自動地順應語言表達的各種要素，完成翻譯活動。①

第三節 胡庚申的翻譯適應選擇論

胡庚申（2004）在《翻譯適應選擇論》(An Approach to Translation as Adaptation and Selection) 一書中明確指出，譯者必須適應翻譯生態環境，譯者也是「適者生存」，否則就有可能被翻譯生態環境淘汰。在此基礎上，胡庚申提出了生態翻譯學。所謂生態翻譯學，具體地講，就是將生態學的研究成果引入翻譯研究，將翻譯及其生態系統相聯繫，並以其相互關係及機理為研究對象進行探究，進而從生態學角度審視翻譯和翻譯研究，力求對翻譯中的多種現象進行剖析和解釋（許建忠，2009）。翻譯生態學不是一個獨立的學科，而是在生態學方法指導下的翻譯研究。翻譯生態學主要以達爾文生物進化論中的「物競天擇，適者生存」學說為指導，探討翻譯生態環境中譯者適應與翻譯行為的相互關係及基本規律。胡庚申的翻譯適應選擇論以全新的理論視角，從生態環境入手，論證達爾文的進化論適用於翻譯理論的可能性與可行性，其理論「基本構架」建立於下述主導性理念之上：第一，翻譯即適應與選擇。第二，譯者為中心。第三，最佳翻譯是譯者對翻譯生態環境多維適應和適應性的累積

---

① VERSCHUEREN J. Understanding Pragmatics [M]. Beijing: Foreign Language Teaching and Research Press, 2000.

結果。第四，對於譯者，適者生存、發展；對於譯文，適者生存、生效。其中，翻譯生態環境指的是原文、原語和譯語所呈現的世界，即語言、交際、文化、社會以及作者、讀者、委託者等互聯互動的整體。也就是說，生態環境是和翻譯有關的各種環境的總和。具體來說，它是客體環境和主體環境的綜合。客體環境包含原文本、譯本、文體功能、翻譯策略、翻譯規約等元素；主體環境則有譯者、作者、讀者、出版商、洽談商、審稿人等元素。客體環境和主體環境之間相互獨立，實際上又相互關聯。在胡庚申的生態翻譯學中，翻譯被描述為譯者適應和譯者選擇的交替循環過程。這一循環過程內部的關係是：適應的目的是求存、生效，適應的手段是優化選擇，而選擇的法則是「汰弱留強」。雖然此理論的研究初衷是對譯者的中心地位和主導作用給予明確的定位，但是既然「譯者譯品皆『適者生存』」，在翻譯過程中，譯者的適應對原文、原語和譯語所呈現的世界，也就是對翻譯生態環境的「適應」，同時譯者對翻譯生態環境適應程度進行「選擇」，並且對譯本最終行文進行「選擇」。①

第四節　譯者的主體性

什麼是譯者的主體性？譯者的主體性是指在尊重客觀翻譯環境的前提下，在充分認識和理解譯入語文化需求的基礎上，作為翻譯主體的譯者在整個翻譯活動中表現出來的主觀能動性。譯者的主體性體現了譯者在語言操作、文化特質、藝術創造、美學標準以及人文品格等方面的自覺意識，具有自主性、能動性、目的性、創造性、受動性等特點。

縱觀中外翻譯研究歷史，譯者的主體地位並非一開始就得到確立及認可，而是整體上經歷了一個由弱變強、由蒙蔽到彰顯的演變過程。比較有意思的是，縱觀翻譯史，就宗教翻譯而言，譯者最初在「上帝的感召」下亦步亦趨地追隨原作，後來民族語翻譯的興起使譯者擁有了適度變通的自由，譯者主體性整體上經歷了一個由弱變強的過程。西賽羅便是主張譯作超過原作、譯者高於作者的代表人物。西賽羅主張，譯者在翻譯中應該像演說家一樣，使用符合譯語語言習慣的語言來表達原作的內容，以吸引和打動讀者。翻譯家哲羅姆認為，與原文文本競爭的目的在於取代原本，譯者完全可以在譯作中表現出自己的風格，因為譯者完全可以使譯作超越原作。世俗文學的翻譯則恰恰相反，譯

---

① 胡庚申. 翻譯適應選擇論 [M]. 武漢：湖北教育出版社，2004.

者的主體性是一個由強變弱的過程。羅馬帝國時期，原作與譯者之間是緊張的對抗關係，譯者對原作擁有絕對的操控力，這種徵服式的翻譯方式直接或間接地影響了後世的翻譯活動。譯者並沒有明顯的原作意識，翻譯與創作亦沒有清晰的界限，自由式的翻譯方式成為主流，譯者擁有較為充分的自由翻譯空間。啟蒙運動之後，翻譯的天平倒向了原作，西方譯學界堅持原作中心論，翻譯活動被視為一種對原作的複製過程。受這一翻譯理念支配，譯者逐漸擺脫了無視或輕視原作的傾向，往往唯原作馬首是瞻，注重傳達原作中的異質成分，翻譯的研究也僅局限於語言層次的探討，而忽略了翻譯過程中譯者的介入與周圍環境對翻譯的影響。原作中心論明確了翻譯與創作的界限，原作的地位得以提升，同時譯者的自由翻譯空間逐漸受到壓縮，譯者的地位被蒙蔽，譯者就是一個傳話筒。

　　文藝復興是西方翻譯發展史上一個重要的轉折點，民族語言在文學和翻譯領域中得到認可。鑒於大眾知識水準的不斷提高以及高漲的民族認同感和發展民族語的強烈願望等因素，一味直譯和死譯已不再適應時代需要，譯者必然要考慮語言結構的變通和調整，意譯法一改前期的劣勢。

　　17世紀之前的譯者關注的是譯作能否增強民族語的表達力以維護民族語的純潔性和獨立性，而不是如何忠實傳達原作的意義和風格，而近代翻譯史，西方翻譯理論界開始將目光投向原作。德萊頓認為，譯者必須絕對服從原作。譯者不但要瞭解原作的語言，還要深刻把握原作者的思想和風格，同時需要考慮讀者群體的接受。譯者在措辭表達上可以有所變通，但在意思上卻受到原文嚴格的約束。18世紀之後的西方翻譯理論逐漸向原作靠攏，在很大程度上矯正了不顧原作的極端化傾向。但是，「原文至上論」給譯者提出了嚴格的要求，大大壓縮了譯者的自由裁量空間。譯者的身分從此走向另外一個極端，由「徵服者」變為地位低下的「奴隸」。對原文的提升和對譯者的壓抑，在此後很長時間內成為西方翻譯界的主流翻譯觀念。20世紀90年代，西方文化學研究的崛起進一步增強了翻譯界的文化研究意識。在文化學研究思潮的推動下，翻譯最終實現了「文化轉向」。翻譯研究開始從語言的對等研究深入到了對翻譯行為本身的深層探究，更加關注翻譯與文化的互動關係。翻譯不再局限於語言層面的轉換，從翻譯的選材取向、策略選擇到措辭行文、風格韻律，無不受到譯入語意識形態、贊助人等因素的影響和制約，翻譯因此被視為對原作的「重寫」，從研究翻譯文本本身轉到了探討譯作的生產和閱讀過程，突破了局限於語言分析的狹小空間，將翻譯從微觀的文本研究轉向宏觀的文化整合闡釋。翻譯研究的譯入語取向和文化觀照不可避免地涉及譯者的文化身分及其主

體性問題。翻譯研究學派將譯語和譯語文化作為翻譯研究的出發點，探討翻譯對譯入語文化的影響，譯作不再被視為原作的複製品，而是具備了獨立存在的價值，成為譯入語文學系統的有機組成部分。譯作的認可和接受並非取決於與原作的契合度，而是取決於譯者在原語和譯語文化的張力中所做出的「決定」。外部因素的制約最終體現在譯者做出的判斷和選擇上，譯者自然成為翻譯研究的重要一環。換言之，譯者的選擇很大程度上決定了譯作的命運。至此，西方翻譯研究走出了純語言研究的重圍，翻譯理論研究整體上實現了從語言到文學，又向文化乃至最後向國際政治學的轉向。相應地，翻譯研究的趨勢經歷了從原文轉向譯文，從規定性轉向描寫性；譯文的地位從「低於原文」到「等於原文」再到「比原文重要」；譯者的地位也從低於原作者的地位到被認為在翻譯活動中起決定作用等一系列轉變，譯者的文化身分和主體地位得以彰顯，譯者真正從幕後走向前臺。① 解釋學及隨後崛起的接受理論進一步彰顯了讀者（譯者）對文本意義構建的積極作用。同時，女權主義學派、詮釋學派等也從多元化視角為譯者主體性研究提供了理論聲援，並支持其「合法身分」。

中國譯學以歷次翻譯高潮為主線，涵蓋了古代佛經翻譯、近代西學翻譯以及五四運動以來的翻譯活動。通過考察發現，譯者主體性在整體上並未受到過多壓制。譯者在翻譯選材、翻譯方式等方面體現出較為明顯的自主意識，通過翻譯實現了傳播思想、啟迪民智、改良文學等目的，成為民族文化構建的積極參與者。

原作者、譯者、讀者、接受環境（包括原語和譯語的語言文化規範）等因素之間相互影響、相互制約從而促成翻譯活動的整體性。無論是對文本的選擇、理解和詮釋，還是具體到翻譯過程中翻譯策略的取捨和選擇，譯者作為翻譯活動的實踐主體，始終是最具有主觀能動性、最積極活躍的因素，貫穿於翻譯的全過程，在翻譯過程中具有不可或缺的重要地位。一方面，譯者要達到翻譯的目的，就必須發揮自己的潛能充分施展自己的能動性和創造性；另一方面，譯者主體性的發揮也並不是沒有限度和範圍的。譯者的能動性受到多種因素的影響。首先，原文作者的語言風格、審美情趣等和譯文讀者的審美要求、期待等對譯者在翻譯過程中的翻譯文本的選擇、翻譯策略和翻譯目的的確定等方面會產生很大的影響。其次，不同的語言系統、譯者自身所處的語言文化規

---

① 朱獻瓏，謝寶霞. 譯者主體性：從幕後到臺前——從翻譯理念的演變談起 [J]. 華南理工大學學報（社會科學版），2006（2）：64-67.

範以及原作所處的語言文化規範等因素也會約束譯者主體性的發揮。同時，很重要的一點就是譯者自身的因素，諸如其認識程度、價值標準、思維方式、情感、意志等都會介入譯者解讀文本的過程中。譯文就不可避免地帶有譯者的主觀化色彩。譯者在種種限制的夾縫中進行翻譯活動，因此有人比喻翻譯家是「戴著鐐銬的舞者」——受到各種羈絆的同時又要求舞姿優美。雖然譯者主體性是受到一定限制的，挖掘並探討這些因素的制約作用並對其重視，原因在於它們並非僅僅是對譯者的羈絆和約束，而是譯者正確發揮主體性的訣竅和譯者的潛力所在。

翻譯生態系統中起主觀能動作用的是翻譯主體，主要由原文作者、譯者、譯文讀者以及翻譯研究者四個生態元素構成。翻譯生態系統是一個有機的、既相互聯繫又相互制約的循環系統，因此譯者的翻譯活動在這一系統中受到多種因素的直接或間接制約。譯者在進行翻譯時，要充分考慮採用的翻譯標準、翻譯原則、翻譯策略以及合適的理論框架等因素，這也是譯者主體性發揮的核心體現。除此之外，譯者作為翻譯群落中的生產者，要充分發揮主觀能動性去理解原文，瞭解原文產生的相關歷史文化背景。譯者要瞭解譯語讀者所處的社會背景及具備的文化知識結構，做到尊重消費對象。譯者在具體的翻譯實踐活動中如何有效地發揮其主體性並不是一個簡單的問題。成功的翻譯取決於譯者的能力，譯者的能力依賴於譯者自我的發展。

在中國，對於影視作品而言，譯者積極主動地針對不同地區和國家、不同層面的譯入語受眾以及不同的年代，把中國文化的精華翻譯介紹到全世界，讓全世界能夠全面、及時、準確、真實地瞭解中國，共同分享中華文化的博大精深，在國際上樹立正確的、完善的社會主義國家的形象，贏得國際社會對中國的理解和支持。同時，西方的影視作品反應了英美文化及西方人的思維方式、生活習慣和風土人情等，譯者要讓觀眾跨越時空，仿佛置身於鮮活的語言場景中，身臨其境地感受外國人的社會生活及其思維方式、價值觀念和宗教信仰、哲學體系，在體驗異域風土人情的同時，掌握鮮活生動的英語，感受英語交際的魅力，把外國的文化精華介紹進來。

另外，譯者需要有良好的職業道德，樹立高度的責任感和服務意識。譯者既要對翻譯的創作主體甚至是策動主體負責，又要對翻譯的接受主體負責，精心考慮讀者的需要，正確處理好主體間的關係。這是保證準確、地道、高質量的譯文的前提條件，那種急功近利、巧取豪奪、「為翻譯而翻譯」的譯風要擯棄。

第四章　譯者在影視翻譯研究中的適應和選擇

影視翻譯生態環境指的是原劇本、原語和譯語呈現的世界，即語言、交際、文化、社會以及劇本作家、觀眾、導演等互聯互動的整體。具體來說，影視翻譯生態環境是客體環境和主體環境的綜合。其中，客體環境包含原文本、譯本、文體功能、翻譯策略、翻譯規約等元素；主體環境則有譯者、作者、讀者、出片方、審片人等元素。客體環境和主體環境之間相互獨立，實際上又相互關聯。此外，由於影視翻譯本身的特殊性，翻譯生態環境還包括影視畫面、演員的語言風格、情緒、翻譯的技術制約等。譯者是影視翻譯過程中唯一的翻譯主體，居於中心地位，引導整個翻譯過程的順利進行。譯者在影視翻譯中的主體性表現為譯者對翻譯生態環境的多維適應和選擇，目的是實現「譯有所為」。

第一節　生態環境中譯者適應和選擇的因素

1985年，米勒（J. Hillis Miller）在演講中說：「不管我們如何希望我們的普通文化不是如此，但它已經不再是書本文化，而更多的是影視文化和通俗音樂文化。」[1]

影視翻譯是一種動態行為，在時間與空間的技術因素的制約下，影視翻譯的功能就是最大限度地向觀眾傳遞源語語言的信息，同時實現文化的最大傳遞。譯者是翻譯的主體，沒有譯者的存在，翻譯就無法進行，譯文也無法誕

---

[1] LEFEVERE A. Translation, Rewriting and the Manipulation of Literary Fame [M]. Shanghai: Shanghai Foreign Language Education Press, 2004.

生。翻譯適應選擇論的提出者胡庚申倡導「翻譯就是譯者的適應與譯者的選擇」的理念，提倡「多維度適應與適應性選擇」的翻譯原則，即譯者在翻譯過程中，在翻譯生態環境的不同層次、不同方面上力求多維度的適應，以此做出適應性的選擇轉換。① 在電影翻譯過程中，翻譯活動主要執行人——譯者不但要處理好語言的問題，還要重視翻譯的生態環境對其行為的影響。這包括了進行翻譯活動的主體，如譯者、贊助商、出版社（出品人）等，還包括了翻譯的語言文化環境、原語與譯語的政治環境等一切對翻譯活動有影響的因素。這些因素構成一個動態的、多層次的環境系統，影響著譯者和翻譯活動本身。譯者要根據翻譯的生態環境在語言維度，文本所處的文化氛圍在文化維度以及經濟、政治環境在交際維度做著選擇適應。整個翻譯生態中原作者、譯者、贊助者以及翻譯環境中社會、經濟、政治、文化等因素共同影響著翻譯活動。對於影視翻譯，譯者更重要的是處理文化的問題。譯者的翻譯行為是電影製片人、導演、譯者、譯語觀眾、發行商、翻譯理論、時間、空間和媒體之間多元化關係的融合，譯者要和譯制導演、錄音師、字幕員、配音演員及時溝通、合作、協調，才能製作出高質量的文字翻譯。因此，探討譯者的多維適應與選擇對於電影的翻譯具有重大的實踐意義。譯者只有不斷增強全球化意識、主體意識、文化自覺意識、多元文化意識，適應字幕翻譯的技術制約因素、字幕語言的特殊性、觀眾的理解和接受能力以及導演的要求，做到最佳適應和優化選擇才能真正讓電影成功走上市場。

一、譯者的選擇因素

（一）對翻譯材料的選擇

選擇什麼作品來翻譯，譯者可以結合自己的喜好和審美取向。有時候，譯制節目的選材卻不可避免地受到社會主流意識形態或贊助人意識形態的制約。在社會主流意識形態中，政治因素對譯者翻譯選材的影響比較明顯，有時候起著明顯的決定作用。選擇哪個國家的、哪種類型的影視作品，政治標準是凌駕於藝術標準和審美需求之上的。外國電影的譯介與政治外交局勢有著直接的關係。20世紀六七十年代，除了極少數電影來自資本主義國家，中國的譯製片幾乎全部來自朝鮮、越南、阿爾巴尼亞、羅馬尼亞等社會主義陣營的國家，其中較為知名的有《寧死不屈》（阿爾巴尼亞）、《賣花姑娘》（朝鮮）、《回故鄉之路》（越南）、《多瑙河之波》（羅馬尼亞）等。特殊時期，進口影視作品選

---

① 胡庚申. 翻譯適應選擇論 [M]. 武漢：湖北教育出版社，2004.

擇範圍狹窄，引進的外國作品主要是與當時主流政治意識形態合拍的社會主義作家的作品，緊緊圍繞頌揚社會主義和革命鬥爭精神、反抗帝國主義和殖民主義、反資本主義剝削的主題，多是來自社會主義國家，西方影片數量很少。特別是新中國成立初期，中蘇關係密切，蘇聯譯製片在中國所有影視譯製片中所占比重最高。長春電影製片廠和上海電影譯制廠譯製片片源國主要是蘇聯。據不完全統計，長春電影製片廠在這一時期譯制的蘇聯影片多達200餘部。20世紀五六十年代的蘇聯譯製片無疑是讓中國百姓瞭解蘇聯、學習蘇聯的途徑，影響了整整一代人，人們熟悉是異域語言和文化都是來自蘇聯。後來，中蘇關係緊張，客觀上導致片源國構成由單一到多元的明顯變化。20世紀70年代後期電影選片的局限性稍稍好轉。來看下面這組數據：長春電影製片廠在1966—1976年共譯制了50部外國影片，其中朝鮮電影26部，越南電影6部，羅馬尼亞電影5部，阿爾巴尼亞電影6部，蘇聯電影2部，英國、美國、法國、聯邦德國、波蘭電影各1部。中國官方主流媒體往往對引進的海外節目嚴格篩選，在思想內容和政治上嚴格把關，通常要經過幾道嚴格的審查工序。外國節目不能與中國國家社會形態、社會價值與社會道德等背道而馳。適合中國發展進程、適合民族習慣、適合中國國情的優秀的作品才會被選擇譯制。比如美國情景喜劇，中國官方媒體正式引進的影視作品從題材上看均為反應美國普通家庭生活的家庭類情景喜劇。

(二) 對翻譯方法的選擇

1. 直譯、意譯與兩者兼顧的方法

直譯是指既傳達原作意義，又照顧原語形式，並且為譯語受眾所接受的翻譯方法。意譯是指傳達原文意義而不拘束於其形式，並且為譯語受眾所接受的翻譯方法。直譯偏重於形式，意譯偏重於意義，兩者共同組成了兩種策略方法。直譯出現於五四運動時期，它強調必須忠實於原文，這樣翻譯才能實現「達」和「雅」。由於英文和中文有著不同的結構，直譯並不是機械地逐字翻譯而是既要全面準確地闡明原作的含義，又無任何失真或隨意增刪原作的思想，並且還要保持原有的風格。傅斯年、鄭振鐸都主張直譯。在近現代中國翻譯史上，直譯是壓倒一切的準則。意譯則從意義出發，只要求將原文大意表達出來，不需過分注重細節，但要求譯文自然流暢。由於原語和譯語在語序、語法、變化形式和修辭之間存在著許多差異，在翻譯時，如果不能直接採用原作的結構和表達形式，我們必須根據表達形式和特點改變句子結構與表達方式來傳達原作的內涵，再現原作的效果。在翻譯過程中，要使語言清晰、有說服力，並且符合語言習慣，譯者必須盡量遵照所使用的語言習俗和正確的用法，

而不是堅持原作的表達模式。

在具體的翻譯實踐中,沒有絕對的直譯,也沒有絕對的意譯,往往是兩者兼顧。一般來說,如果直譯能夠曉暢達意,則應堅持直譯;如果直譯不能完全達意則要採取一些補償措施,做一些必要的添加、刪除,甚至採用意譯手法。在翻譯的過程中,我們要學會靈活機動,哪個方法效果好,就採用哪個方法,不可勉為其難。我們要擺脫不合理的條條框框,最巧妙、最精確地傳達原文內容,不可隨意脫離或替換原文的意思。在直譯時,我們應該盡力擺脫僵硬的模式並且嚴格堅持翻譯準則,設法靈活運用。在意譯時,我們應該謹慎,避免主觀性、無根據的斷言或任意的組合。從上述分析來看,直譯和意譯互為補充。直譯和意譯僅僅是譯者在翻譯過程中採取的翻譯手段。在翻譯工作中,直譯和意譯是合作夥伴,是不可分割的。在翻譯中,雖然直譯和意譯兩種方法同時被使用,但直譯使用的頻率要比意譯少得多。不論是直譯還是意譯都有其存在的依據和理由。

2. 歸化與異化

歸化與異化兩種翻譯方法於 1995 年由韋努蒂首次提出。歸化是指在翻譯過程中盡量淡化和去除原語文化差異和陌生感,按目標語受眾更容易接受的語言和習慣去翻譯。歸化譯法尊重譯入語的文化價值觀和表達習慣,同樣尊重譯入語讀者的感受和反應。譯者在譯文中體現同化感、親近感,讓讀者看不出多少翻譯的痕跡。歸化等同於中國錢鐘書先生所說的體現的是一種本族中心主義思想,即一切皆應為本族文化服務。歸化方法的優點在於能夠令譯語流暢、透明、自然,其傳輸的思想自然也就更容易被目標語受眾理解與接受。歸化方法的缺點則在於會抹殺異域文化的異質性,從而使目標語受眾失去對異域文化的欣賞和借鑑機會。

異化是指在翻譯過程中,不考慮雙語在文化和語言習慣上的差異,為保持原語在形式乃至內容上的原汁原味而不惜犧牲譯文的自然感與通透感。相對地留存原語語言表達和文化特徵的「他者」異域性,就是「直譯」原文的異質成分。換言之,異化等同於錢鐘書先生所說的「原汁原味」。異化方法的優點在於可以避免原語文化信息遭到有意地扭曲或屏蔽,讓受眾能夠體會到異域文化的魅力。但是異化既容易給目標語受眾帶來極大的困擾,又容易受到主流文化的打壓。

歸化和異化的取捨或抉擇受諸多因素影響。從雙語翻譯的方向考慮,外語譯入母語,母語譯出到外語,兩者比較,前者歸化多於後者。從兩種文化乃至語言的所謂「強弱」考慮,強文化(及其強語言)譯入弱文化(及其弱語

言）；相反，弱文化（及其弱語言）譯入強文化（及其強語言），兩者比較，前者的異化多於後者。從文化和語言的距離考慮，距離近者歸化多於距離遠者。從翻譯目的考慮，工具性翻譯歸化多於紀實性翻譯。從話語類型考慮，非文學比較歸化多於文學比較，口語語篇歸化多於書面語語篇。從科技含量的高低考慮，科技含量低的原語語篇歸化多於科技含量高的原語語篇。

在文化上趨向於異化，在語言上趨向於歸化。從文化內容的層面來講，翻譯會以異化為主，歸化為輔，這是由翻譯目的決定的。翻譯的首要目的是為了文化傳播，而傳播的又是異域文化，因此翻譯應該採取異化策略。在語言形式上，翻譯會以歸化為主，這樣可以保證譯語語言的可讀性和流暢性；以異化為輔，這樣可以增加譯語語言的異域性和新奇性，譯作的異化語言成為目的語語言的新生力量和新鮮血液。

因此，在兩者的交差區域，歸化與異化必然會呈現出一種彼此難分的膠著狀態，影視翻譯中會有異化和歸化的雜合。很明顯，雜合方法是取異化和歸化兩者之所長，棄兩者之所短。雜合方法體現在翻譯上，就是為獲得與原語相同的效果，譯者盡力將源語文化信息轉換到目標語中，與此同時，盡力保留譯文的可讀性與可接受性。

3. 全譯、變譯與兩者結合的方法

全譯，即完整性地翻譯。美國著名翻譯家奈達認為，全譯就是對原文進行完整性地翻譯。這裡所說的完整性只是一個相對的概念，實際上是指譯者盡量使譯文在內容和形式上與原文保持一致，在譯語中從語義到文體盡量用最通順、最自然的對等語言忠實地再現原語的信息。

變譯，即不完整地翻譯，是翻譯的變體，強調了翻譯的目的，鼓勵譯者通過一些靈活變通的手段和策略來實現向目標群體傳遞所需信息的目的。當代著名翻譯家黃忠廉教授將全譯與變譯視為按保存原文完整性程度而劃分的兩大翻譯方法。黃忠廉教授針對應用翻譯領域的特點將全譯和變譯提升為兩大科學的翻譯方法。他認為，變譯指譯者在特定條件下根據特定讀者的特定需要採用增、減、編、述、縮、並、改等七種主要手段對原文信息進行再現的一種翻譯活動。

全譯強調從文字角度（包括單詞、短語、句子成分和邏輯關係）最大程度上與原文保持一致，只允許在迫不得已的情況下進行變通。變譯則強調「變通」，即只有通過採用靈活多變的方法才能達到翻譯的目的——向特定人群傳遞所需信息。

對於這一組方法而言，最理想的翻譯方法必然出現在全譯與變譯兩者的交

叉區域，這就是全變譯結合方法。所謂全變譯結合方法，是指在全局上採取全譯或變譯方法，而在局部上採取變譯或全譯的中庸之策。在方法的判斷上，不應採用非此即彼的邏輯，而應著眼於影視翻譯整體上體現出的是哪種方法。從影視翻譯的類型來看，替換配音翻譯與劇情字幕翻譯整體上呈現出的是全譯方法，局部配音翻譯與音樂字幕翻譯等整體上呈現出的則是變譯方法。①

二、譯者的適應因素

哲學的語言論轉向和翻譯研究的文化轉向給翻譯研究帶來了革命性的影響，翻譯研究被導入了文化語境視域，翻譯研究關注的不僅僅是語言本體的研究，即文本之間的轉換，而且注重其外部因素的研究，強調意識形態、文化、歷史、哲學、宗教等對翻譯活動的影響，從全新的視角對翻譯活動進行研究。

（一）對導演的適應

我們在進行電影翻譯時，可以讓精通雙語的兩國的譯者共同參與其中，共同商榷，提高翻譯質量。很多懂英語的導演就扮演著這樣的角色，像陳凱歌、王家衛、李安等。在譯者進行翻譯時，這類導演都會仔細閱讀英文字幕，看譯者的翻譯是否與電影風格和其導演意圖相一致。

在電影翻譯過程中，導演就是委託人，導演的意圖在翻譯過程中起著決定性作用，譯者必須考慮委託人的意見。因此，在一定程度上導演影響電影翻譯的策略和內容。《一代宗師》的譯者將臺詞「我心裡有過你」翻譯成「I have loved you（我曾經愛過你）」。導演王家衛對此翻譯卻不滿意，認為「有過你」不等同於「愛過你」，譯者聽從導演意見改譯為「You've been in my heart」。很明顯，導演的翻譯更加貼近原文。但是另一句臺詞「愛沒有罪」，譯者順其自然沒有將「愛」翻譯成「love」，以為自己順應了導演的意見將整句話翻譯為「To care about somebody is not crime（關心一個人不是罪過）」。王家衛導演認為這裡的「愛」要翻譯為「love」。很顯然，譯者對中國文化還沒有完全精通，同一個「愛」字在不同的情境中，其意思是不同的。由此可見譯事之艱難。

對於進口電影，在譯者字幕初稿翻譯完成後，配音導演和配音演員還會提出修改意見，因為翻譯好的字幕不僅要用於英文原聲，也要用於中文配音，導演和演員需要保證中文翻譯適合口語表達。

除此之外，引進片翻譯也要符合審查要求，有些政治導向不正確和有違公序良俗的臺詞，譯制導演會選擇第一時間與片方溝通，而譯製片廠在翻譯的過

---

① 羅格日樂. 影視翻譯的方法［J］. 西部廣播電視，2016（6）：144.

程中也會盡量讓過激的語言合理化，如將「爆粗口」處理成「混蛋」「見鬼」之類的文字。例如，譯制導演王進喜曾在一次譯制過程中發現臺詞中有一句「豎起你的中指」，他覺得這句話帶辱罵意味，讓人感到不適，於是堅決將其改成「豎起你的手指」。

（二）對製片方的適應

譯者進行翻譯之前，可以從製片方那裡拿到一個非常詳細的臺本，裡面不僅有電影中出現的對白和具體的場景描寫，還有該場景涉及的典故以及人物出場所蘊含的意義等。這就使得譯者在理解對白的意思上，並不光是從自己的理解出發，更多的是依靠製片方所給出的提議，說直接一點就是製片方事先引導了譯者的翻譯思路。以迪士尼發行公司為例，會有專職人員和翻譯溝通，並明確翻譯方向，比如嚴肅的或搞笑的，甚至有些片方就專門指出「我就要接地氣」。比如影視作品譯者馬珈曾抱怨，很多片方的不合理要求經常會毀了一部影片的基調，中國觀眾自從《玩具總動員》後就一直習慣了各種「總動員」，不管是什麼動畫片，片名往往翻譯為××總動員。直到《飛屋環遊記》的出現，譯者才改變了這樣惡劣的生態，不然這部影片片名又會翻譯成《飛屋總動員》。譯製片的翻譯是語言和文字的藝術，需要給翻譯呼吸的空間，但也不能脫離生活，它是源於生活和高於生活的。在缺乏可供遵循的翻譯標準的情況下，譯者發揮的方向和程度有時候由「顧客」，即製片人說了算。縱向來說，這是讓個人意志決定了大眾需求；從橫向來說，這讓影視翻譯行業呈現出良莠不齊的境況。譯者一方面要適應這種生態環境，另一方面要爭取忠實的譯品。

（三）對電影審查委員會的適應

中國對公映影片和電視劇的題材與內容審查非常嚴格，有時候譯者為了能讓影片順利通過審查，片名需要重新取名。例如，英國和南非合拍的電影「Tsotsi」獲得了 2006 年奧斯卡最佳外語片獎，中國港臺地區將片名譯成《黑幫暴徒》，影片中「Tsotsi」原指南非黑人居住區裡的阿飛，穿著特徵為寬上衣窄褲腳。雖然影片中有表現地鐵上行凶殺人、住宅區暴力搶劫的鏡頭，但電影審查委員會對該片給予一致好評，只是建議片名《黑幫暴徒》改成更能體現影片主題的《救贖》。《復仇者聯盟2》中，美國隊長見到弗瑞帶著母艦前來支援，脫口而出了一句美式的臟話，但字幕出現的是「你這個老伙計」，因為一些不文明的詞語是無法忠實翻譯而呈現在銀幕上的。為了符合電影審查委員會的審查規定，譯者要進行改譯。

（四）對影片發行人的適應

美國電影「Mr. & Mrs.Smith」初譯為《史密斯夫婦》，國內上映時更名為

《史密斯行動》。該片發行負責人表示，譯者直譯為《史密斯夫婦》，可能會讓觀眾誤認為這是一部家庭倫理片，難以發揮片名導視的作用，不能吸引觀眾，而將片名改為《史密斯行動》，可以與片中驚險的故事和激烈的打鬥相得益彰。

有時候為了票房收入，影片發行人甚至任意篡改原片。義大利羅馬的米高梅製片公司譯制廠，要求翻譯和配音導演採取一切措施，通過配音譯制，使一部上座率不高的原名叫《河流在前》的講述美國邊境地區一個愛爾蘭家庭的影片搶回票房。配音導演和翻譯重新配製了除了影像是原片的，其他臺詞全部重新編造的片名改為《野蠻西部的那不勒斯》的影片，贏得了經濟效益，片中的愛爾蘭人配「變成」了義大利美國移民，甚至印第安人也講著義大利那不勒斯的街頭俚語。

（五）對畫面的適應

在好萊塢電影《俠探杰克》（Jack Reacher）中有一個場景，杰克和兩個人打了起來，那兩個人出招時，總是互相影響，於是其中一個人對另外一個人說「I've got this」。通過看畫面，我們明白這個人是想對他的同伴說：「讓我來出招，你別管了！」結果譯者沒有結合畫面翻譯，譯成「我有這個了」，翻譯不僅語氣動作跟畫面不符，更讓觀眾一頭霧水，沒有達到翻譯的目的。

（六）對意識形態的適應

著名翻譯家許均教授曾說道：「在歷史的不同階段，在不同的國家，雖然傳統的翻譯觀一般都要求譯者在翻譯中應盡可能忠實於原作，全面完整地傳達原作的內容，但由於意識形態在起著直接或間接的干預作用，翻譯中常有刪改的現象出現。」① 意識形態是一個國家或社會某個特定時期占主導地位的政治、倫理、審美、價值觀等傾向，集中表現為維護當權統治階級利益的觀念體系。意識形態並非一成不變的，而是隨著國家社會、歷史、文化和政治形勢的發展而發生變化。在社會主流意識形態中，政治因素對翻譯的影響更為突出，有時起到決定性的作用。中國紀錄片協會副主席朱景和指出，中國的影視譯制者要從自己的特定國情出發，以自己的文化傳統、審美習慣乃至政治立場為標準進行藝術處理。譯制過程是分析、鑑別、除瑕、修飾、美化的過程，也是再創作過程，比如對諸如暴力、色情和意識形態方面的瑕疵進行刪減處理，這在中國的影視譯制創作之初就有明確的處理原則和經驗。② 因此，一部影視作品反應

---

① 許鈞. 翻譯概論［M］. 北京：外語教學與研究出版社，2009.
② 朱景和.「信、達、雅」的新內含——影視譯制創作諸話題［J］. 中國電視，2002（4）：41-44.

的意識形態和某些觀點若與譯者自身所處的社會意識形態氛圍或個人所持的觀點發生衝突，譯者很可能會在翻譯中做出不同的選擇，要麼將其在譯語文本中原封不動地保留，要麼對原劇臺詞進行一定程度上的刪除或改寫，以順應譯語社會的主流意識形態和文化規範。譯者在意識形態的制約下對影視作品進行「有意」刪改，這方面與譯者的翻譯水準是無關的。

1. 對政治意識形態的適應

自古以來政治對翻譯就有影響，影視翻譯也不例外。翻譯不僅僅關乎語言和文本，更重要的是語境下的權力話語衝突，即便是具有審美性和藝術性的翻譯，也反應著某種意識形態。供片方提供的影片裡面如果含有政治敏感問題，就需要「沙裡淘金」，選出思想性、藝術性和可視性強的節目，同時對這些節目裡存在的問題提出修改意見，進行改寫，不然勢必會造成不良影響，有時還會引發犯罪。

例如，美國電視系列劇《特警4587》中一個黑社會的頭子有這樣的臺詞：「先打進海洛因……用銀行來阻止共產主義的傳播。中央情報局會感激你們的……窮人會關心由誰來統治嗎？什麼民主的榮耀，什麼共產主義呀，對窮人都一樣。」原臺詞很明顯是歪曲共產主義及其政黨的形象，譯者必須堅持正確導向加以處理。① 又如，在美劇《瘋狂主婦》(Desperate Housewives) 中有個中國女傭，在美劇中塑造的是卑微的形象。看過該劇的中國觀眾都很憤慨，認為美劇故意醜化中國人形象，是對中國人形象的負面塑造，引起不少觀眾的不滿，尤其是在以下這段臺詞中：

男主人卡洛斯從樓上下來，發現家裡請的女傭姚林正在用襪子擦樓梯扶杆上的灰塵，就將信將疑地詢問。

Carlos：Have you always cleaned with socks?

Yao：Yes.

Carlos：What, is that a Japanese thing?

Yao：I am Chinese.

原譯如下：

卡洛斯：你總是用襪子擦灰塵嗎？

姚林：對。

卡洛斯：這是你們日本人的傳統？

姚林：我是中國人。

---

① 趙化勇. 譯製片探討與研究 [M]. 北京：中國廣播電視出版社，2000.

中央電視臺版本的改譯如下：

卡洛斯：你們亞洲人都這麼干？

姚林：對不起，我只是不想浪費。（為了配音，語速較快）

上海電影譯製廠版本的改譯如下：

卡洛斯：這是你家的習慣？

姚林：是的，先生。

上述中國的兩個配音版（第一個為中央電視臺第八套節目播出的配音版，第二個為上海電影譯製廠的配音版）都對原字幕進行了巧妙地改譯，刪除了敏感的字眼，以消除其中的話語霸權。改譯後的臺詞雖然與原文意思截然不同，但是並不影響觀眾欣賞故事情節的發展和連貫。

2. 對倫理道德的適應

倫理道德是個敏感的話題，監管部門關於影視審查的規定中明確指出，凡不恰當地敘述和描寫性及與性有關的情節，必須刪剪修改。在翻譯過程，為了不與中國傳統的道德觀念相悖，我們就需要進行改譯，以免造成不好的影響。

舉例如下：

Lt. Dan: You call this a storm? Come on, you son of a bitch!（*Forrest Gump*）

上尉丹：這算是風暴嗎？來吧，去你的！

Lefty: Get a pair of pants, will you? This ain't a fucking rodeo. Dress like I dress.（*Donnie Brasco*）

雷夫特：再換條褲子，這兒不是西部。你要像我這樣穿衣服。

Lefty: He's a stand-up guy?（*Donnie Brasco*）

雷夫特：這家伙可靠出眾嗎？

Jilly: I said I knew him. I didn't say I fucked him.（*Donnie Brasco*）

吉利：我只是認識他，跟他沒那麼親密。

從上面我們不難看出，英語原話中「your son of bitch」等粗俗的詞語都在中文版本中做了適當的處理，採用了一些比較中性的語言或者直接進行改譯，這樣比較適合中國人的道德觀。所以說，接受國的道德倫理觀念同樣也是引起影視翻譯變譯的一個重要原因。

3. 對價值觀的適應

由於各國價值觀不同，因此在英漢影視翻譯時譯者為了迎合本國大眾的價值觀，要對影片進行變譯。比如說，《蜘蛛俠2》中，在英文原版中，有一段這樣的場面：蜘蛛俠有一段時間失去了神奇能力，有一次他路過一街角，看到有一棟大樓著火，裡面還困有一個孩子，他雖然沒有了神奇能力，但還是忍不

住以一個平常人的身分與狀態進去救出了這個孩子。後來消防隊員趕來，看到了這樣的情形，拍拍他的肩膀說「你很勇敢，小伙子，不過下次不要再這樣了」。當時蜘蛛俠是以一個平常人的身分去救人，但是在美國人的意識裡，你是一個平常人，你沒有專業的救火知識，這樣的行為是莽撞的，精神和勇氣可嘉，但不提倡！而在國內放映的中文翻譯版《蜘蛛俠2》裡，這句話卻被刪掉了。到這一場景時，消防隊員只對他說了一句：「你很勇敢，小伙子！」一句臺詞處理的不同，反應出英雄主義教育意識的不同，對於美國電影人來說，這部電影要表達的主題本就是一個平凡的英雄，在擁有著超人能力的同時，也充滿著一個普通人的種種弱點。

（七）對觀眾的適應

在適應翻譯生態環境的過程中，觀眾是翻譯生態環境中的重要元素之一，對譯者的翻譯選擇起到一定程度的制約作用。觀眾的接受度對於一部電影成功與否來說是非常重要的。譯者在進行電影翻譯時必須與接受者——觀眾對話，考慮觀眾的文化背景、審美心理、情感體驗、語言特點、認知心理、價值觀念和思維方式等，讓譯語觀眾跨越語言文化的雙重障礙，力求讓觀眾享受影片的精彩，讓影片在贏得海外市場同時有力宣傳本國文化。

1. 觀眾語言的適應

我們將漢語譯成英語時，應該考慮到英語的語言特徵，進行必要的結構轉換，因為「語言干擾問題的實質，就是原文的語言結構對譯者產生影響，使其不能用自然的譯文來表達原文的意思」。

我們在將中文譯為外文，應該充分認識英漢雙語在句法上的差異，積極發揮我們的主觀能動性，將漢語中的隱性連接（Covert Coherence）譯出來，使其成為英語中的顯性連接（Overt Coherenee）。適應源語語言形式並不等於拘泥於原文的外部形式，更重要的是要適應譯語語言形式，盡量地用目的語中的對應形式結構來替代原語中的形式結構，實現「真正的形式對等」。

譯者為了使字幕翻譯符合目的語國家的語言使用習慣，力求縮小源語和譯語觀眾審美體驗距離，有時候需要對電影字幕做出不同程度和不同層面的選擇適應，保證觀眾在最短的時間內獲取最多的信息和內容，與源語觀眾產生相同的心理共鳴。

舉例如下：

原文如下：

你在哪裡上班呀？

作協。

噢，做鞋的呀。

不是，作家協會。

譯文如下：

Where do you work?

At FW.

Oh, footwear factory.

No, Federation of Writers.

　　這是一個譯者對譯語語言適應的成功案例。譯者非常聰明地運用英語中善用縮略語的長處，天衣無縫地把源語及諧音雙關和目的語及同音同形異義詞有機地融為一體，把原文難以翻譯的諧音語言「作協」和「做鞋」巧妙地進行順應，譯者運用自創的英文縮略語輕鬆化解了語言翻譯的難題，實屬對語言順應的成功典範。

　　2. 對觀眾文化的適應

舉例如下：

原文：狗官陷害，家破人亡。

譯文：Her parents were framed and killed by corrupt officials.

　　這裡的字幕翻譯涉及中西方文化差異問題。對於狗這種動物，東西方的態度有分歧。在中國傳統文化裡，狗同時擁有兩種對立的文化內涵，狗既是人類忠誠的朋友，與人類關係密切，同時又是中國人用來罵人的「利器」。狗搖起尾巴，既被中國人認為是表示友好的意思，但同時又指阿諛奉承，卑躬屈膝。從「狗咬呂洞賓，不識好人心」「狗腿子」「狗崽子」「狗嘴裡吐不出象牙」「掛羊肉賣狗肉」等語言中可以看出，「狗」在中國文化裡被戴上了諂諛、勢利、無恥、品行卑劣等社會內涵。而在西方文化裡，狗只有一種內涵，那就好朋友和可愛的人。西方人說「love me, love my dog」「You are a lucky dog」表達了對狗的喜愛。中文的「狗官」是貶義詞，實指貪官污吏，為了適應譯語觀眾的文化，不引起理解上的誤會，英語翻譯中對應的詞彙「corrupt official」很好地適應了譯語文化。

舉例如下：

原文：我說你們那兒的人是不是有點「秋菊打官司」的勁?

譯文：Are all you country folk so pigheaded?

　　儘管《秋菊打官司》曾經獲得 1992 年第 49 屆威尼斯電影節最高榮譽金獅獎最佳女主角獎（鞏俐），但主要人物「秋菊」在西方影壇知名度並不高。去掉源語中這個中國特有的文化專有項，譯者選擇英文中意思對應的英文單詞

「pigheaded」，同樣向譯語觀眾展現了秋菊為丈夫討回公道誓不罷休的倔勁，享受了影片的藝術和文化內涵。

舉例如下：

原文：玉小姐要出閣了。

譯文：MissYu is soon to be married.（《臥虎藏龍》）

「閣」在古代指的是沒出嫁的女子的房間。在古代，由於嚴格的封建禮數，沒有出嫁的女子是很少走出自己的房間的，只有出嫁那天她才會從房間裡出來，結婚那天就是出閣那天。由於英文當中沒有對應的詞彙，因此解釋性翻譯是最好的解決方法，適應了譯語觀眾的文化。

舉例如下：

原文：什麼都沒有了，再走就喝西北風了。

譯文：All gone, we'll starve if we keep going.（《1942》）

「西北風」在這句臺詞裡指的是沒有東西可吃了。英文中沒有對應的文化專有項翻譯，譯者直譯為「we have nothing to eat, we'll drink the northwest wind」。譯者充分考慮到直譯「西北風」會增加譯語觀眾的賞影負擔，採取瞭解釋的適應翻譯策略，保證了翻譯質量。

隨著經濟全球化的發展，各國經濟文化交流日趨頻繁，電影作為一種重要的方式已經成為人們生活中不可缺少的一部分。字幕翻譯質量是影片走向國際市場的有力保證，譯者不可避免要對其所處的翻譯生態環境做出選擇和適應的交替循環過程，而最佳的翻譯是整合適應選擇度最高的翻譯。譯者靈活地採取各種翻譯策略，使觀眾用最小的努力理解電影文化內涵，可以讓華語影片在與各國影視作品的巔峰對決中盡顯民族魅力，向更多國家的人們展示中華文明的瑰麗，為中華文明的傳播提供良性載體，更好地為中國的經濟文化服務，促進翻譯事業的全面繁榮。

第二節　影視片名翻譯研究

一部好的影視作品之所以能吸引成千上萬的觀眾，除了演員精湛的演技、富有哲理或生活氣息的對話以及絢麗多彩的畫面外，寓意深刻、回味無窮的片名也起到很大的作用。片名是對影視作品主題內容、風格類型和情感基調的概括與濃縮，是影視作品的商標。在眾多的影視廣告海報上，片名都處於十分醒目的位置，它直接起著「導視」的作用，也是觀眾獲取影片初步印象的窗口。

好的影視片名與好的影片內容的完美統一，能使觀眾得到藝術的熏陶、美的享受和高尚情操的陶冶。

一、影視片名的功能

影視片名的主要任務是「簡潔凝練地概括影視片內容，言簡意賅地揭示主題，雋永深長地激發群眾的豐富聯想」①。短小精煉的片名，承載著傳遞信息、文化交流和呼喚觀眾的重要使命，是作品的推廣和宣傳中至關重要的一個環節。好的作品片名和內容的完美融合可以吸引觀眾，實現其商業目的。

（一）信息功能

片名濃縮了整部影視作品的電影語言，傳遞著影片的相關信息，凝練了影片內容的精華，能夠凸顯作品的內容，幫助觀眾更好地理解影視作品，奠定了作品的感情基調。只有與影片完美結合的電影片名，才能引領觀眾更好地欣賞影視藝術，充分發揮其信息的作用。譯者要力爭以最簡潔的語言形式表達作品豐富的內容與藝術價值，力求準確、精煉地傳達影視作品的主要信息。

（二）文化功能

影視作品是文化的載體，承載著一個國家的文化內容。影視片名可以引發觀眾對片中文化的濃厚興趣，片名有責任宣傳影片中的文化內容，讓觀眾一目了然的瞭解影片主題。影視片作為傳播最快、具有國際性和大眾性的藝術形式，是文化傳播最有效的媒介。因此，影視作品對傳播中國豐富多彩、絢爛多姿的文化具有其他文化傳播媒介不可比擬的優勢，文化傳播任務責無旁貸。

（三）審美功能

審美原則要求譯者擺脫原片名語言形式的束縛，深入挖掘作品的主旨、意境與神韻，按照目的語的語言習慣和觀眾的審美心理，運用英語語言的韻律、語調、節奏、修辭方式等對作品片名進行再創作，力求達到譯名音意俱美，達意傳神。言簡意賅、文字優美同時能表現電影的精髓的片名是最能吸引觀眾的。《大城小事》譯為「Leaving me, loving you」，「leaving」和「loving」在音韻上構成了頭韻美，意義上構成了對照美，而且準確傳達了原片的意蘊，可謂完美的片名翻譯。

（四）商業功能

影視作品是一門文化性和商業性兼具的藝術，片名就是影視作品的商標和廣告。因此，片名用精煉、生動的語言吸引觀眾的眼球，揭示電影的主題，激

---

① 劉豔. 華語電影片名翻譯的規範變遷［J］. 電影文學，2012（20）：147-148.

發觀眾的觀影熱情，引導觀眾感受影片的魅力和享受觀影的過程，可以增加票房收入。譯者在翻譯影視作品片名時，應在忠實於作品內容與美學價值的前提下，打造觀眾喜聞樂見的譯名，吸引觀眾的眼球，激發觀眾的觀看欲，最大化地發掘影片的商業價值。通俗易懂、亮點十足的譯名能夠吸引廣大觀眾的眼球。

二、電影片名的類型和文體特徵

英語影視作品片名整體上趨於簡潔平實，片名往往就是一個普通的詞組、一個人名或地名；而漢語講究對稱和諧，追求押韻，表現力強、勻稱悅耳的四字短語和成語是最受導演們喜歡的。

在片名翻譯前，先瞭解中英文片名的類型和文體特徵對於譯者大有裨益。英漢片名的類型主要如下：

第一類，以主人公或主要場景為名。例如，華語電影《周恩來》《黃飛鴻》《芙蓉鎮》《上甘嶺》等，英語電影 The Bridges of Madison County, Casablanca, Waterloo Bridge, Forrest Gump 等。

第二類，介紹劇情，概括內容。例如，華語電影《八女投江》《唐伯虎點秋香》《回家過年》《秋菊打官司》等，西方電影 Finding Nemo, Around in 80 Days, Death on the Nile。

第三類，含蓄點明主題，意在言外。例如，華語影片《一地雞毛》《一江春水向東流》《春光乍泄》《滾滾紅塵》《好奇害死貓》等，西方電影中這種「含蓄」的片名不太常見，有些是取用改編原著小說的名字，如 Gone with the Wind, Farewell to My Arms, Brave Heart, Courage Under Fire 等。

第四類，借用與劇情密切相關的背景、片中重要情節或臺詞。例如，《紅玫瑰，白玫瑰》是片中主人公對生命中兩個女人的比喻；《遊園驚夢》《搖啊搖，搖到外婆橋》是片中出現的中國戲曲或童謠；而《醉拳》《變臉》則是片中使用的中國特色的武術或絕技。英文影片中此類片名有 Schindler's List, Catch-22, The Great Waltz, Scarlet Letter, Ghost, Independence Day 等。①

中英文片名命名類型有很多相同點。由於語言表現力的差別、宣傳方式的差別、觀眾接受心理的不同等因素，中英文片名的文體特徵既有相同點，也有不同點。

---

① 丁爽. 影視藝術語言翻譯中的「信、達、雅」問題——兼談中文影片名的英譯 [J]. 西南政法大學學報, 2003 (1)：26-30.

第一，短小精悍，容易記憶。影視片名注重瞬間效應，需要達到讓觀眾過目不忘的效果，給觀眾留下深刻的印象。一般來說，中文片名不超過 10 個字，並且導演多青睞很多四字格或七字格，十個字以上的暫時沒有；英語片名一般在 5 個單詞以內，有些只用一個單詞，如 Seven，Speed 等。

第二，朗朗上口。漢語在音韻上講究抑揚頓挫，起名時注意符合中文的音韻規律。漢語的語音特點決定了它特有的、顯著的音樂性——聲音悅耳，音調柔和，節奏明朗，韻律協調。影視片名要給觀眾留下深刻的印象和記憶，首先，一定要盡量遵守音韻規律，不能使人覺得拗口；其次，選字明白曉暢，可以優雅卻不能生僻，可以通俗卻不能濫俗。影視作品首先是一種面向社會的大眾傳播媒介，片名不能晦澀難懂，讓觀眾費解甚至誤解。同時，作為一門藝術，片名又應該講究「煉字」，如能恰當運用修辭或使用成語、俗語，能夠給人豐富的聯想和美的享受。四五個漢字的片名占絕對優勢，因為讀起來有節奏感，英語片名也是如此，如 Good Luck Chunk，The Blind Side 等。

第三，影視作品片名讓觀眾明白易懂。華語片名喜歡用生動形象的詞彙，使人產生豐富的聯想。中文片名用詞一般都與影視作品的類型一致，比如《花樣年華》觀眾一看就知道是文藝片，《靈異空間》是驚悚片，《泰囧》是喜劇片。而英語片名與影視作品類型的對應關係不是非常明顯，英語片名大多語言平實，比較含蓄。比如懸疑片 The Others 從片名看不出電影的內容和類型，在中國翻譯成《小島驚魂》則觀眾對類型清晰明了。

三、片名翻譯的原則

影視片名的翻譯可以幫助觀眾理解作品的內容，吸引觀眾觀看，從而提高票房收入。為了實現這一目的，譯者的任務是採取合適的翻譯策略給觀眾提供清晰簡潔、忠實與符合影片內容的片名。一般而言，翻譯片名時，能直譯的盡可能直譯，優點在於保持原題名的原汁原味。在不可能直譯的情況下，譯者要根據翻譯生態環境，進行選擇和適應，可以依據直譯和意譯相結合的原則。無論採取什麼譯法，譯者必須遵循忠實於原影片內容的原則，適應觀眾的審美情趣和接受能力。

外語片名的翻譯既要忠實於原片名，也要切合主題；既要有藝術性，又要有商業性。中國影視片名翻譯史上有口皆碑的佳譯之一就是美國著名電影 Waterloo Bridge，譯名《魂斷藍橋》。譯者沒有簡單地直接譯作《滑鐵盧大橋》。一提到「滑鐵盧」，容易引起觀眾的誤解，觀眾就會想到比利時首都布魯塞爾附近拿破崙慘遭失敗的戰場，即 1815 年拿破崙在比利時的滑鐵盧（Waterloo）

被惠靈頓打敗導致最終流放孤島的著名戰役。實際上，這部影片與拿破侖毫無關係，片中 Waterloo Bridge 是在英國倫敦。影片主要講述了一個英國軍官克羅寧與芭蕾舞演員萊斯特小姐凄然動人的愛情悲劇故事。在引進該片時，譯者將 Waterloo Bridge 翻譯成《魂斷藍橋》，變通借用了具有中國民族文化特色的藍橋相會的傳說。據中國古代《西安志》記載，藍橋是一座橋名，在陝西省藍田縣，相傳是唐代裴航遇仙女雲英的地方。《傳奇・裴航》詩曰：「一飲瓊漿百感生，玄霜搗盡見雲英！廊橋便是神仙窟，何必崎嶇上玉清。」藍橋是男女相約相遇相戀的地方，譯者增譯了富有神話色彩的「魂斷」兩字，保留了原名中的關鍵詞「橋」，生動表現了影片的主題及內容，給觀眾以廣闊的想像空間，同時又符合中國傳統文化韻味，既順應了原文內容，又植入了譯語的傳統文化，實屬一舉兩得，用詞簡潔，易讀易記，雅而不俗，文採斐然而廣為流傳。

又如另外一個佳譯，電影 Blood and Sand，假如直譯為《血與沙》，顯得很血腥，又沒有美感，譯者根據影片內容，增譯了兩個顏色詞，譯成《碧血黃沙》。「碧血」一詞源於《莊子・外物》：「萇弘死於蜀，藏其血三年，而化為碧。」現在「碧血」被用來指為正義事業而流灑的鮮血。碧血丹心，黃沙萬里，譯名能夠讓觀眾神馳廣宇，遐思聯翩。

（一）信息傳遞原則

影視作品的片名可以將影片的內容簡練地傳達給觀眾，使觀眾更好地理解影片。片名對於作品而言，就如同地圖於旅人，有方向指引的作用。不同偏好的觀眾就能按圖索驥，選擇適合自己品味和興趣的電影。翻譯片名的理想境界是譯語片名在語言、文化信息和功能特徵三個方面與原片名的統一對等。Love Story（《愛情故事》）、Roman Holiday（《羅馬假日》）、American Sweethearts（《美國甜心》），一聽就知道是愛情片；Alexander（《亞歷山大大帝》）、Troy（《特洛伊》）、King Arthur（《亞瑟王》）等片名一看就知道是歷史題材的影片；Guess Who（《男生女生黑白配》）、Freaky Friday（《辣媽辣妹》）、Kicking & Screaming（《足球老爹》）這些中文譯名比英語譯名更透露出搞笑的喜劇味道；Dances with Wolves（《與狼共舞》）、The Silence of the Lambs（《沉默的羔羊》）、Six Days Seven Nights（《六天七夜》）都保留了原名語言、文化和功能特徵。

（二）美學欣賞原則

除了傳遞影片的主題信息外，出色的影視作品譯名還能讓其在同類型或者同檔期的電影中脫穎而出。這就需要譯者在影片翻譯時遵循美學欣賞原則，通過精心構思的片名給觀眾美好的享受，選用易為譯語觀眾理解並符合美學的修

辭的表達。英語影片片名在翻譯成中文時多採用四字修辭格，就是譯者為實現影片的美學欣賞功能而做出的適應和改譯。*Insurgent* 中文片名譯為《絕地反擊》，*Lost in the Sun* 中文片名譯為《烈日迷蹤》，*Interstellar* 中文片名譯為《星際穿越》，*Unbroken* 中文片名譯為《堅不可摧》，都是四字格修辭在電影名稱翻譯中的靈活應用。若將上述影片片名分別譯為《起義者》《在烈日中迷失》《星際》和《硬漢》雖然也能傳遞出原電影名想要實現的信息和文化認知價值，但太過平淡難以喚起觀眾的觀影熱情。

（三）文化重構原則

由於各民族在文化背景上存在巨大差異，不符合譯入語文化的電影片名很難得到觀眾的青睞，譯者應該正確把握譯語民族語言中的文化信息，不斷進行選擇和適應，以求在原語文化和譯語文化中達到最大程度的功能對等。文化適應作為譯者翻譯過程中著重考慮的因素之一。因此，英語片名漢譯的過程中，譯者巧妙結合中國文化，對外國影片不斷進行選擇和適應，優秀片名的翻譯就是不斷選擇、適應文化的結果，中文片名譯成英語片名也應如此。

四、英語影視片名的翻譯方法

前面我們提到英語片名大多比較簡潔平實或比較含蓄，有時候就是片中主人公的名字，或者影片發生的地點，而中文片名一般片名與內容比較匹配，講究對稱和諧，講究比興和韻律，尤其喜歡使用言簡意賅、勻稱悅耳的四字成語。翻看 20 世紀 30 年代以來中國上映的外國影片的中文譯名，三字、四字、五字式的譯法比比皆是，非常中國化，充滿了文學色彩。三字的如《蕩寇志》《金玉盟》《紅菱豔》；四字的如《相見恨晚》《魂斷藍橋》《出水芙蓉》《孤星血淚》，都取得了很好的吸引觀眾的效果。影視片名主要採取以下幾種翻譯方法：

（一）音譯

英語和中文影視作品常用片中主要人物的名字、故事發生地的地名或片中標誌性的專有名詞作為電影的片名，最簡便的翻譯方法就是音譯。音譯的主要原則包括名從主人、選字恰當、約定俗成等幾方面。

舉例如下：

Nixon	《尼克松》
Titanic	《泰坦尼克》
Casablanca	《卡薩布蘭卡》
Chicago	《芝加哥》

《菊豆》　　　　　　　　Ju Dou
《花木蘭》　　　　　　　Mulan

　　並不是所有含有地名和人名的影視作品片名都適合音譯，適合音譯的一般是大家耳熟能詳的人名、地名和事件。英語片名有些名字在中國家喻戶曉，而有些是普通的人名或地名，特別是有些外國人名或地名讀起來比較拗口，如果單純音譯這些人名或地名，對中國觀眾的吸引力不大，沒有起到信息和商業功能。例如，*Oliver Twist* 音譯成《奧利弗·特威斯特》，這個普通的人名翻譯對中國觀眾的召喚功能就不大，而《霧都孤兒》就能更吸引中國觀眾。又如，美國電影 *Seabiscuit*，其片名就是電影中一匹賽馬的名字。該影片講述了美國20世紀30年代大蕭條時期三個人各自不同的人生和相同的奮進精神，表現了一種積極進取的生活態度，譯為《奔騰年代》既凝練了影片的內容與時代背景，又切合影片激勵性的主題。再如，*Cleopatra*（《埃及豔後》）、*Hancock*（《全民超人》）、*Ray*（《靈魂歌者》）或是提煉劇情，或是套用典故，都是很好的翻譯方法。

（二）直譯

　　直譯是根據原語和譯語的特點，在最大限度內保留原語片名的形式和意義來進行翻譯。簡而言之，就是將原語片名的字面意思直接地用譯語表達出來。雖然英漢語言文化存在很大差異，但是我們還是可以發現兩者存在著一些共同之處。如果在翻譯時，能夠關注到電影名稱本身的特點和蘊含的文化積澱，能直譯時盡可能直譯，最大限度地保留原語片名的內容和形式，這樣既保持原語片名的表達形式，體現了原風原貌，使得原語與目的語能夠在一些功能上達到等效或者重合，求得片名和作品思想內容的統一美，這是一種非常有效的方法。由於有原語片名做參考，譯者翻譯時比較容易。

舉例如下：

Dances with Wolves　　　《與狼共舞》
National Treasure　　　　《國家寶藏》
Star Wars　　　　　　　　《星球大戰》
The Lion King　　　　　　《獅子王》
True Lies　　　　　　　　《真實的謊言》
The Lord of the Rings　　《指環王》
《老井》　　　　　　　　　Old Well
《背靠背，臉對臉》　　　　Back to Back, Face to Face

　　但是在一些影視作品片名不適合直譯時，譯者按字面直譯要避免望文生

義。有些片名含有習語、成語、典故，有特定的文化內涵，譯者應該結合影片內容和英語文化背景，仔細掛酌。比如電影 Rain Man，「Rain Man」在英語文化中有「自閉症」的意思，電影中的主角雷蒙是個自閉症患者，智力超群但有交際障礙，由於譯者缺少這個文化背景知識，直接將「Rain Man」譯成了「雨人」，不但讓觀眾看不出影片將要放映的內容，也會認為「雨人」跟「雪人」一樣給人溫馨浪漫的感覺而產生誤解。又如，一部影片 American Beauty 被譯者譯成《美國麗人》，就是望文生義。「American Beauty」實際上是指電影裡頻繁出現的紅玫瑰，四季開花但花期短暫，而不是字面上表現的「美國麗人」的意思。再如，史泰龍飾演的電影 First Blood，其片名是英語習語，意思是「初戰告捷」，而不是「第一滴血」的字面意思，「第一滴血」容易使觀眾受到誤導。美國電影 One Flew Over the Cuckoo's Net，是部反應統治機構對人性禁錮的佳作，曾經震驚世界，但是這部經典電影的片名中文翻譯成《飛越杜鵑窩》，而在英語中，Cuckoo's Net 意指瘋人院，因此正確的譯法應該是《飛越瘋人院》。

（三）意譯

當有些影視作品片名原文的思想內容與譯文的表達形式有矛盾時，或者片名含有習語、成語、典故，有特定的文化內涵，應採用意譯方法翻譯，根據原影片內容翻譯片名，捨棄原電影片名的形式。意譯與直譯的區別主要體現在表達形式上，直譯具有直接性，意譯就是結合影片片名和影片內容進行的一種意義翻譯手法，意譯具有間接性和綜合性。例如，Multiplicity 如果直譯成《多重性》，譯名沒有表達出原影片的內容。影片講述的是某建築師因承受不了家庭和工作的壓力，要求遺產律師為他複製幾個「他」。譯成《複製丈夫》，觀眾不僅對影片有粗略的瞭解，也增加了影片的吸引力。

殺手通常給我們一種殘忍、冷酷的印象。電影 Leon（《這個殺手不太冷》），譯者如單純地譯為《殺手李昂》，語言沒什麼感召力，我們可能誤以為這是一部關於一位名叫李昂的殺手的自傳片。相比之下，《這個殺手不太冷》不僅展現了故事的主題，「不太冷」這個字又說明這位殺手的與眾不同，他的內心深處是溫暖的和溫柔的，而這與殺手的殘忍、冷酷又是充滿矛盾的，這也預示了電影的悲劇色彩。

（四）增譯

由於觀眾對外國影視作品的背景缺乏瞭解，有些片名如果音譯或者直譯則不能起到很好的效果，因此譯者在翻譯過程中為了達到既忠實於影片內容，又兼顧自身語言特徵和觀眾語言文化習慣的目的，需要適當增加一些輔助詞語擴

大片名的信息量來解釋影片內容，使影視作品片名凝練主題，揭示電影類型，更有導向性，讀起來更加順口，更富有表現力，並點明影片的文化內涵。 *Speed*（《生死時速》）是美國於 1994 年拍攝的動作大片，僅字面翻譯成「速度」真是太簡單了，故事裡那輛永遠停不下來的車，必須以高速駕駛才能避免炸彈爆炸的巧妙設計，表達了一場生與死的較量，影片主題只有在「生死時速」這四個字裡才能體現出來。比如以下影片的翻譯，都為增譯：

Shrek	《怪物史萊克》
Tarzan	《人猿泰山》
The Terminal	《幸福終點站》
Seven	《七宗罪》
Forrest Gump	《阿甘正傳》
Philadelphia	《費城往事》
Night at the Museum	《博物館驚魂夜》
Wilde	《王爾德和他的情人》

（五）減譯

影視片名翻譯也常用減譯的翻譯方法，譯出片名最主要的部分。減譯並不意味著片名可以一味追求簡潔而隨意對原文刪減、壓縮，偏離準確性，譯者需要考慮譯名與劇情的關聯性及譯語觀眾的接受能力。其主要有以下兩種情況：

第一，有些英文電影片名太長，多達十幾個單詞。舉例如下：

Dr. Strangelove or: How I Learned to Stop Worrying and Love the Bomb——《奇愛博士》

Forever Activists: Stories from the Veterans of the Abraham Lincoln Brigade——《永遠激進》

Borat: Cultural Learnings of America for Make Benefit Glorious Nation of Kazakhstan——《波拉特》

第二，好萊塢電影常常在獲得成功後順勢出續集，而且續集常常有副標題。為了方便記憶和宣傳，譯者有時會省略副標題，用數字代替。舉例如下：

Hellboy 2: The Golden Army Indiana Jones and the Kingdom of the Crystal Skull——《地獄男爵 2》

Bridget Jones: The Edge of Reason——《BJ 單身日記 2》

（六）改譯

當直譯不能完整傳達信息時，應做一些細節的修整。例如，電影 *Frozen*，《冰天雪地》是直譯，勉強可以，而翻譯成《冰雪奇緣》就不一樣了，觀眾一

下子就知道這是個發生在冰天雪地裡的浪漫故事。

英語電影 Up 中的 Up，本來是說「向上飛」的意思，正好符合故事裡主人公的故事。當然，翻譯成《向上飛》也行，但是《飛屋環遊記》更勝一籌，對象、故事甚至「文體」都介紹了，極大提升了觀眾的吸引力。

舉例如下：

Home Alone——《一個人在家》——《小鬼當家》

Transformers——《變壓器》《改革》——《變形金剛》

12 Angry Men——《12個憤怒的男人》——《十二怒漢》

The Lord of the Rings——《戒指的主人》——《魔戒》

Aliens——《外星人》——《異形》

Up——《上升》——《飛屋環遊記》

Mission：Impossible——《不可能完成的任務》——《碟中諜》

以上的第一個破折號後的片名翻譯為直譯，第二個破折號後的片名翻譯為改譯，改譯後的片名凝練了影片內容精華，幫助觀眾更好地理解影視作品。

五、祖國大陸、香港特區、臺灣地區的譯名比較

祖國大陸、香港特區、臺灣地區人民同屬中華民族，同是龍的傳人，加上具有相同的思維方式和文化基礎，因此英語影視作品片名的翻譯上大部分還是一致的，但是也存在著一些不同的地方，有的差別甚至還很大。這會給電影欣賞帶來很大困惑，主要是由於語言使用習慣和文化背景的差異，觀眾對片名的接受認可程度也不同，於是出現了大量不同的片名。

一般來說，香港特區影片片名翻譯的特色就是擅長意譯，喜歡製造懸念吸引觀眾。臺灣地區的影片片名翻譯則幾乎完全唯商業至上。兩地翻譯手段靈活，不拘泥於原名的語言形式，充分發揮創造性，有時候出奇制勝湧現了許多廣為傳頌的經典譯名。例如，Leon 譯為《這個殺手不太冷》，Notting Hill 譯為《摘星奇緣》。但是有時候一味為了吸引觀眾眼球，追求商業利潤，大搞商業炒作，有時會出現濫譯，使譯名與原片名和主題相差甚遠，很容易誤導觀眾。完全拋開原文語言形式，天馬行空的翻譯行為導致部分譯名混亂。

比如「魔鬼出沒」。由於區域文化背景差異，觀眾欣賞情趣不同，港臺地區片商喜歡無中生有地使用「神」「鬼」「魔」一類的詞，單是「神鬼」這一組合的翻譯就出現了好幾次，跟神鬼有關的詞分別有「魔鬼」「惡魔」「鬼精靈」「天神」「魔幻」「戰神」「神仙」「神鬼」。例如，The Terminator 譯為《魔鬼終結者》，Running Man 譯為《魔鬼阿諾》，True Lies 譯為《魔鬼大帝》。

電影 The Shawshank Redemption 在臺灣的商業譯名是《刺激1995》，讓人費解。以上這些影片從內容上看都不是描寫魔鬼的，這種譯法有其一定的商業促銷意義，但改變了原名的特色和神韻，偏離了翻譯的宗旨和原則。

又如「情」字外露，「血」字飛濺。香港的影片片名翻譯偏好使用跟「愛情」和「暴力」相關的詞彙，而且著重使用強調情色和血腥的字眼，如跟愛情有關的詞有「激情」「狂野」「一夜」「風月」「月色」「芳香」「佳人」「萌動」「多情」「有情」「愛情」等，跟暴力有關的詞有「驚世」「驚魂」「吸血」「血紅」「熱血」「危險」「殺人」「殺手」「行凶」「辣手」等。Things are Touch All Over 譯為《糊涂寶貝上錯床》，You're a Big Boy Now 譯為《豔侶迷魂》，The Lost Wagon 譯為《篷車浴血記》。個別翻譯甚至糟蹋一些經典小說改編的電影，如杰克・倫敦的名作 Call of the Wind（《荒野的呼喚》），譯者為了煽情和吸引觀眾眼球譯為《血染雪山谷》，胡編亂譯，違反忠實的原則。當然這種翻譯現象的出現，也有一定的歷史原因，香港本地電影產業發達，在20世紀八九十年代達到頂峰，很多電影公司甚至由黑惡勢力創辦，黑惡勢力題材和色情題材的電影盛行。這也在一定程度上推動了影視作品譯名的同質化、本土化，使得譯名具有鮮明的本土特色。

祖國大陸的影視作品片名選擇的詞彙，一則偏重使用成語，如怦然心動、逍遙法外、蛛絲馬跡、一言不發；二則偏好使用正式、文雅的書面語，如愛情片中的心、緣、甜、麗、夜、夢、暮、佳人、黃昏、月光、麗人、約會、情緣；三則有嚴格的審查制度，影片片名翻譯必須合乎語言規範，遵循基本的翻譯準則，避免使用暴力、色情和封建迷信等字眼。祖國大陸、香港特區、臺灣地區譯名比較如表4-1所示。

表4-1　　　　　　　　　　譯名比較

英文片名	中國港臺地區譯名	祖國大陸譯名
Gladiator	《鬼神戰士》	《角鬥士》
The Aviator	《神鬼玩家》	《飛行者》
The Pirates of the Carribeans	《神鬼奇航》	《加勒比海盜》
The Mummy	《神鬼傳奇》	《木乃伊》
Catch Me If You Can	《神鬼交鋒》	《我知道你是誰》

六、華語影視片名的翻譯方法

電影片名的成功英譯是華語電影走向世界的重要環節之一。好的片名翻譯

符合譯語觀眾的審美習慣，能夠跨越語言文化障礙，吸引譯語觀眾的好奇心，激發觀眾的想像力和觀看慾望，發揮影片的商業價值。而片名誤譯則不但不會吸引譯語觀眾的眼球，無法讓觀眾產生獵奇心理，而且會誤導觀眾對影片內容的預測，影響觀眾的觀影興趣，制約華語電影走出國門。

近二十年來，中國華語電影片名翻譯取得了很大的成就，猶如為一些優秀的華語電影畫龍點睛，錦上添花。導演和發行商越來越重視片名的翻譯，2011年《金陵十三釵》拍攝之時就有兩個英文片名 The 13 Women of Nanjing 和 Heroes，發行時好萊塢專家建議劇組改名為 Salvation，最終影片在多倫多宣傳時確定片名為 The Flowers of War，可見片名是影片多麼重要的組成部分。在進行華語影片片名翻譯時，譯者要從譯語觀眾文化心理關照出發，滿足觀眾的期待視野，在翻譯過程中不斷做出適應與選擇。譯者要研究英語國家電影起名術，參照英語國家電影起名原則和方法，探討譯者如何做出適應和選擇，讓華語電影譯名既能有效傳播電影蘊含的文化內涵，又能符合英語文化特徵、審美情趣，保證翻譯的信度和效度，吸引譯語觀眾，實現商業價值。

（一）華語影視作品片名翻譯存在的問題

華語影視作品片名的英譯會直接影響其在海外宣傳及銷售推廣的成功指數和其固有的商業價值。譯名翻譯同書名翻譯一樣，既要符合語言規範，又要富有藝術魅力；既要忠實於原片名的內容，又要體現原片名的語言特色，力求達到藝術的再創造。同時，影視作品的片名翻譯又有別於書名的翻譯，它更講究譯名的大眾化、通俗化、口語化和藝術化。雅俗共賞、文情並茂的譯名能起到很好的導視和促銷作用。在實際的影視翻譯中，由於譯者語言水準的限制、文化背景知識的欠缺或者時間緊、任務重等客觀的原因，譯者所譯英譯片名如果沒有濃縮一部影視作品的主題或不符合譯語觀眾的審美習慣、文化背景和思維方式，往往會誤譯或錯譯，給觀眾的理解與欣賞帶來了障礙，有時甚至損害了作品本身的藝術美感，從而制約華語影視作品走向海外市場。

1. 仿擬的誤譯

在影視作品翻譯過程中，雖然譯者是翻譯的主要執行者，但是導演是委託人，而很多導演自己懂英文，在譯者翻譯之前就會把電影片的名英文名取好。導演的翻譯有時候與譯者的翻譯相衝突，但是導演是翻譯的贊助者，導演影響著影視作品翻譯的策略和內容，在翻譯過程中起著決定性作用，譯者要遵從導演的意圖。《霸王別姬》榮獲法國夏納國際影視作品節最高獎項金棕櫚大獎，成為首部獲此殊榮的中國影片，但是這部電影的英文片名翻譯在翻譯界爭議很大。影片講述的是兩個京劇名角之間跨越半個世紀的恩怨情仇，中文片名取自

電影中兩位主角共同表演的最有名的京劇《霸王別姬》，主人公最後融於戲中，是一個悲劇。在譯者翻譯之前，導演陳凱歌已經自己翻譯好影片的英文片名 Farewell My Concubine。導演的意圖可能是想讓海外觀眾聯想到美國作家海明威非常著名的作品 A Farewell to Arms，以吸引更多的關注，使人留下深刻的印象，整部電影感情基調從片名開始就醞釀著濃濃的傷感情懷。但是概念意義雖相同，文化意義卻相異。「姬」在中文裡有五種釋義：第一，古代對婦女的美稱；第二，中國漢代宮中的女官；第三，舊時稱妾；第四，舊時稱以歌舞為業的女子；第五，姓。「姬」的釋義裡面確實有「小妾」的意思，但是《霸王別姬》裡面的虞姬是霸王項羽的妻子，項羽戰敗被圍垓下，虞姬為激發自己的丈夫項羽的鬥志，斷其私情而自刎。英語片名裡面關鍵詞「霸王」被翻譯沒了，霸王的妻子虞姬被翻譯成了小妾，不符合史實，譯名也不符合影片主題。在譯者接受翻譯工作之前，導演已經把英文名取好，譯者在詢問導演能不能改譯名時，導演不同意，只能採用導演的譯名。為了尋求迎合譯語觀眾而隨意仿擬目的語裡面經典作品或故事，不僅不會促進文化交流，反而會引起觀眾的誤解，影響對影視作品的欣賞。若將片名譯成 Farewell My Love 可一語雙關表現出影片主題：項羽告別自己的愛人，程蝶衣在舞臺自刎，告別愛人段小樓，同時又仿擬了海明威的著名作品名吸引觀眾。

2. 譯者西方文化知識欠缺的誤譯

譯者對西方文化背景知識的瞭解和掌握至關重要。每一種語言的發展都是在不同文化背景中形成的，每個民族的語言和文化本身具有獨特性，要真正掌握一門語言，就要掌握它的文化背景知識。人們往往對同一事物的理解在不同文化背景中是不同的，慎重對待兩種不同的文化的差異，否則就會誤譯，導致影片不能贏得市場，無法贏得海外觀眾。因此，譯者要努力學習目的語國家的歷史、文化、風俗習慣以及政治、經濟、文學、科技等方面的知識，只有具備深厚的文化根底，才能在翻譯時嫻熟地翻譯出片名的內涵，避免誤譯。《東風雨》是熱播的國產諜戰劇，英譯名 East Wind Rain 貌似忠實於原名，實則與原意大相徑庭，原因在於中英兩國各位於東西半球，在中國東風寓意春天將至，而在英國則是西風報春，「East Wind Rain」對於英國人來說意味著冬雨，應該譯作「West Wind Rain」才是原意。《三國演義》被譯成 Romance of Three Kingdoms，譯名會讓西方觀眾誤解為三個王國之間的浪漫故事，而實際上影片講述的是魏、蜀、吳三國的政治軍事鬥爭的故事。影視作品《劉三姐》的譯名 Third Sister Liu 更是讓人哭笑不得。

(二) 華語影視片名翻譯方法

影視作品片名翻譯，要充分解讀影片內容，凝練影片精神內涵，考慮譯語

觀眾的審美心理和接受程度，巧妙處理中西文化差異，使英文片名不但能夠忠實體現影片內容，而且能吸引海外觀眾眼球、提升票房收入。包惠南指出，影視片名的翻譯「既要符合語言規範，又要富有藝術魅力，既要忠實於原片名的內容，又要體現原名的語言特色，力求達到藝術的再創造」，影視片名的翻譯要講求「大眾化、通俗化、口語化和藝術性」。①

1. 異化

異化翻譯帶來的是異國情調之美。這要求譯者保持中國傳統文化自信的同時，又以譯語觀眾為中心，滿足他們求新求異的文化心理，讓觀眾積極主動地去理解中國元素和中國文化。異化翻譯包括直譯和音譯等。《臥虎藏龍》的英譯 Crouching Tiger, Hidden Dragon 是異化翻譯的成功典範，屬於畫龍點睛的英譯片名，神祕的異域情調，吸引了廣大的海外觀眾。漢語的「龍」與英語的「dragon」是兩個具有完全不同文化內涵詞彙。中文的「龍」是中華民族的精神圖騰，中華兒女是「龍」的傳人，自殷周以來，「龍」就與帝王政權聯繫在一起，象徵著貴族和權力。而「dragon」在英語裡是個貶義詞，是一種強大、邪惡的生物。有人提出「龍」與「dragon」具有強大的文化反差，會令英美觀眾反感，從而阻礙其觀影興趣。最後影片在海外市場獲得巨大成功證明了片名的這種異化處理有力地傳播了中國的龍文化。其實在文化交流日益頻繁的今天，中華民族的優秀傳統文化正在被世界上越來越多的觀眾欣賞，龍文化正逐漸被國際友人熟悉、接受。因此，另一部影視作品《三國之見龍卸甲》大膽地翻譯成 Three Kingdoms: Resurrection of The Dragon。

但是東西方巨大的文化差異並不是在任何情況下都能輕易融合的。有些片名以文化專有項起名。由於文化專有項背後蘊含了博大精深的文化內涵，盲目的異化翻譯只會造成觀眾的誤解或迷惑。華語影視作品《河東獅吼》，是對中國觀眾熟知的一個典故進行藝術加工而講述的幽默愛情故事。該影視作品片名出自宋朝著名文人蘇軾的詩句：「龍丘居士亦可憐，談空說有夜不眠。忽聞河東獅子吼，拄杖落手心茫然。」蘇軾調侃好友陳季常懼內，其中河東獅子吼則指陳妻的彪悍。而譯者卻對一個含有文化專有項的片名採取了異化翻譯中的直譯「The Lion Roars」使譯語觀眾完全不解這樣一部愛情喜劇片和獅子吼叫之間到底有什麼聯繫。

2. 歸化

由於東西方歷史文化、價值觀念、風俗習慣、審美心理等方面不同，雙方

---

① 包惠南. 文化語境與語言翻譯 [M]. 北京：中國對外翻譯出版公司，2001.

均有文化專有項，如習語、典故等負載大量文化信息，因此不能從字面意義去理解，馬虎翻譯。歸化翻譯需要譯者充分發揮其主觀能動性，在一定程度上對片名進行改譯。充分發揮主觀能動性並不意味著譯者可以根據自己的喜好任意去翻譯，而是要在全面理解影片內容的基礎上，考慮譯語觀眾的文化背景和接受心理，精雕細琢地用精練的語言為影片配上一個合適的譯名。華語影片名英譯時進行歸化翻譯的例子不勝枚舉。

「青紅」是影視作品《青紅》中女主角的名字，原英譯片名 Qing Hong 是對中文片名的直譯。該影片正式入圍第 58 屆戛納國際電影節評委會大獎之後，導演仔細思慮，根據影片的主題和內容，最終歸化譯為 Shanghai Dreams。一方面，宣傳方認為 Qing Hong 的英文發音和美國影視作品 King Kong 特別像，容易造成誤會；另一方面，Shanghai Dreams 這個片名跟美國影視作品片名 American Dream 相似，考慮到了譯語觀眾的期待視野和審美習慣，使他們產生一種文化上的親近感，從而激發他們的觀影興趣。

影視作品《花樣年華》的英文片名 In the Mood for Love 就是歸化翻譯的另一經典範例。為了突出影視作品主題和影片內容，片名放棄沿用影片中著名歌星周璇演唱的《花樣的年華》固有的英譯 Full Bloom。片名借鑑了 20 世紀 30 年代美國抒情爵士歌手（Nat King Cole）演唱的著名英文歌曲 I'm in the Mood for Love，順應了譯語觀眾的文化背景，激發了他們的觀影慾望，幫助影片成功地打開了海外市場，贏得了好的票房和口碑。「in the mood for sth」表示對某事有心情去做，「in the Mood for Love」，即「想去追求愛」，勾勒出了影片的愛情基調。兩位男女主人公慢慢因為愛靠近，In the Mood for Love 這個片名正好體現了該片追求愛情的主題。

對於影視作品的片名翻譯，譯者要精通中西語言和文化，充分分析影片內容、影片主題和風格特徵，適應譯語觀眾的心理需求和文化期待，遵循片名翻譯原則，採取恰當的翻譯策略，給觀眾提供影片的基本信息，突出主旨。譯者要仔細推敲翻譯方法，精雕細琢片名的語言，力求譯語片名和原片內容完美結合，生動再現原片內容，使譯名具有信息功能、文化功能和呼喚功能，保證影視作品的藝術價值和商業效益。

第三節　影視文化專有項翻譯研究

一、文化專有項的定義

　　影視作品是各國人民瞭解異域文化的重要途徑之一，也是國家展示文化軟實力的手段之一。影視作品向外輸出中必不可少的一個部分就是語言的翻譯。語言不但是人類表達思想感情和交流的一種工具，而且還是一種非常重要的文化載體，是文化的重要組成部分，它記錄著人類文化發展的歷史，反應著社會文明進步的成果，是交流、傳播、延續和發展文化的工具。語言不能脫離文化而存在，總是生長在一定的文化背景之中。

　　文化差異往往是造成翻譯困難的重要原因，而文化專有項是語言系統中最能體現語言承載的文化信息的詞彙，是反應一個國家和一個民族的生態地域、民俗風情、物質文化、宗教信仰、哲學、民俗等文化色彩的詞彙。文化專有項不但是向譯語觀眾傳達文化信息的一種有效方式，也是促進各國間文化交流的有效手段。著名翻譯家奈達說過：「對翻譯而言，掌握兩種文化甚至比掌握兩種語言還重要。」[1]

　　西班牙的翻譯學家和翻譯理論家艾克西拉在其1996年所著的《翻譯中的文化專有項》一書中給文化專有項（CSI）下的定義是：在文本中出現的某些項目，由於在譯語讀者的文化系統中不存在對應項目或者與該項目有不同的文本地位，因此其在源文中的功能和含義轉移到譯文時發生翻譯困難。[2] 艾克西拉認為凡是目標文化中的一般讀者或者任何當權者覺得在意識形態（或者文化上）不可理解（接受）的，就是文化專有項。

　　佩德森提出了「語外文化所指」（Extralinguistic Culturalreferences，ECR）的概念，即對一項語言外實體或過程的任何文化語言表達，所指對象對某一相關觀眾群體是典型可辨的，屬於該觀眾群體的百科知識範圍之內。判斷一個表達是否是ECR，必須回答以下問題：「該語言表達本身是否足夠明晰以使不具備文化常識的讀者明白其所指？」若答案為否，則該表達屬於ECR。佩德森對

---

[1] NIDA E A. Language, Culture, and Translating [M]. Shanghai: Shanghai Foreign Language Education Press, 1993.

[2] AIXELA JAVIER FRANEO. Culture-Specific ltems in Translation [M]. Clevedon: Multilingual Matters, 1996.

ECR 的定義對文化專有項研究具有一定借鑒意義。佩德森指出,「所指」不局限於某個詞性或單個詞語,這和艾克西拉對「項」的定義不謀而合。①

佩德森定義的 ECR 很大程度上可以等同於 CSI,前者定義從讀者的文化知識出發,後者的定義從譯者的翻譯過程出發,而譯者首先是原文讀者。佩德森指出,其研究本身就是為了彌補字幕中技術規範與文化專有項規範缺乏描述性研究的現狀。此外,ECR 較之 CSI 是新概念,學界尚未進行充分討論。因此,本書仍沿用艾克西拉提出的 CSI 概念。

二、文化專有項的翻譯策略

艾克西拉提出了 11 種處理文化專有項的策略,並按其「跨文化操縱」的程度排列出來。艾克西拉強調,其分類法及其排列方式並非試圖客觀描述實際存在的類別,而是著眼於方法學上的用途,旨在提供一個框架,以便迅速發現譯文的整體趨勢是要「讀來像其原文」還是要「讀來像原文」。這 11 種策略如下:

(1) 重複(Repetition):照抄源文。

(2) 轉換拼寫法(Orthographic):轉換字母系統或譯音。

(3) 語言(非文化)翻譯[Linguistic(Non-Cultural)Translation]:盡量保留源文的指示意義。

(4) 文外解釋(Extratextual Gloss):在運用前三種方法的同時加上解釋,但由於把解釋放在正文中不合法或者不方便,因此表明是解釋,如腳註、尾註、文內註、評論文字等。

(5) 文內解釋(Intratextual Gloss):與前一種策略相同,但把解釋放在正文裡面,以免打擾讀者。

(6) 使用同義詞(Synonym):用不同的方式來解釋同一個文化專有項,以避免重複。

(7) 有限世界化(Limited Universalization):選用譯文讀者較熟悉的另一個來源文化專有項。

(8) 絕對世界化(Absolute Universalization):選用非文化專有項來翻譯文化專有項。

(9) 同化(Naturalization):選用目標文化專有項來翻譯來源文化專有項。

---

① PEDERSEN J. Subtitling Norms for Television: An Exploration Focussing Onextralinguistic Cultural References [M]. Amsterdam: John Benjamins Publishing Company, 2011.

(10) 刪除（Deletion）。

(11) 自創（Autonomous Creation）：引進源文所無的來源文化專有項。①

艾克西拉還補充了其他的策略：

(1) 補償：刪除+在文本另一個地方加上效果相似的自創。

(2) 移位：把文化專有項移到另一個地方。

(3) 淡化：基於意識形態的原因，把一些「太過分」或者在任何方面不可接受的項目去掉，代之以比較「溫和」、比較符合目標語言寫作系統，或者在理論上符合讀者期望的項目。

艾克西拉提出了以下四類影響翻譯策略選擇的因素：

(1) 超文本因素（Supratextual Parameter），如目標文化語言規範性的程度、潛在讀者的性質和期望、翻譯發起人的性質和目的、譯者的工作條件、培訓和社會地位。

(2) 文本因素（Textual Parameter），如與文本配合的影像、已有的譯本、源文的經典化程度。

(3) 文化專有項的性質（the Nature of The CSI），如透明度、意識形態地位、對其他文化的指涉以及有沒有定譯。

(4) 文本內因素（Infratextual Parameter），如項目在文本中的重要性和出現次數以及譯文的連貫。②

艾克西拉對文化專有項的定義，明確了譯者在翻譯影視作品中的文化專有項時，必須以譯語觀眾為中心，考慮譯語觀眾的文化習慣，對觀眾的生態環境進行適應和選擇。譯語文化中，觀眾在意識形態或文化上理解和接受有困難的文化專有項，譯者都要謹慎地採取恰當的翻譯策略。

鑒於漢語文化與英語文化之間的巨大差異，許多中國學者針對文化專有項的英漢翻譯提出了具體的策略。王東風指出，原文中存在文化缺省（Cultural Default），為避免譯文讀者遭遇意義真空（Vacuum of Sense），提出了五種翻譯策略，即文外作註、文內明示、歸化、刪除、硬譯。③ 從定義看，王東風的「文外作註」和「文內明示」分別對應艾克西拉的「文外解釋」和「文內解釋」，「歸化」對應「同化」，「硬譯」對應「語言（非文化）翻譯」，可見王

---

① AIXELA JAVIER FRANEO. Culture-Specific ltems in Translation [M]. Clevedon: Multilingual Matters, 1996.

② AIXELA JAVIER FRANEO. Culture-Specific ltems in Translation [M]. Clevedon: Multilingual Matters, 1996.

③ 王東風，文化缺省與翻譯中的連貫重構 [J]. 外國語，1997 (6)：55-60.

東風的策略已經大體包含在艾克西拉的策略之中。張南峰評介了艾克西拉的翻譯策略，而王東風的策略多建立在自己的翻譯觀之上。此外，張南峰就英漢翻譯策略提出了幾點修改意見，包括將「轉換拼寫法」改為「音譯」，因為英漢翻譯沒有轉換字母系統的問題，加入「淡化」策略，艾克西拉雖然提到了這一策略，但並未詳述。① 範祥濤以《文心雕龍》為例探究了文化專有項在漢英翻譯中的策略及其制約因素，增加了「定譯」策略。此外，範祥濤列舉了六項制約因素，包括歷史文化語境、翻譯目的、翻譯發起者和譯者個性、譯語讀者的閱讀期待、譯文文本連貫性以及已有譯本和定譯，對漢語典籍英譯策略有很大啟示。② 關於文化專有項的翻譯研究多集中於文學翻譯領域，非文學翻譯領域的相關研究還相當有限。董淑靜、樊葳葳（2006）歸納了商貿新聞英漢翻譯中文化專有項的處理策略，指出語言翻譯策略及絕對泛化策略有利於語言的簡潔性，在新聞翻譯中最為常用。陳芳蓉（2011）探究了中國非物質文化遺產英譯的策略，並推薦使用「音譯+文內解釋」、有限泛化和絕對泛化策略翻譯非物質文化遺產中的文化專有項。③

（一）英語影視作品中的文化專有項翻譯策略

1. 替換

替換，即用其他表達替換原文文化專有項，用於替換的表達可能是源語文化、目標語文化或第三方文化的文化專有項，也可能只是符合語境、與原文化專有項毫無關聯的一般表達。

舉例如下：

原文：Not sorry that today is the last g-a-m-e.

譯文：好在今天是最後一場「波以」「死愛」。

譯文模仿原文文化專有項結構，將「比賽」二字「拼讀」出來。用目標語文化文化專有項進行替換的一大優點是能簡潔地傳達原文化專有項的含義。譯文若直接保留字母，可能給不具備英語基礎的觀眾造成困惑，並且喪失了喜劇效果；用漢語「拼讀」替換英語字母拼讀，既利於譯文觀眾理解，又努力保留了原文的幽默效果，可以說是譯者對字幕進行適應，發揮主觀能動性的很好的例子。

---

① 張南峰，艾克西拉的文化專有項翻譯策略評介［J］. 中國翻譯，2004（1）：18-23.
② 範祥濤. 文化專有項的翻譯策略及其制約因素——以漢語典籍《文心雕龍》的英譯為例［J］. 外語與外語教學，2008（6）：61-64.
③ 劉奕勍. 從文化翻譯理論看字幕中的文化專有項翻譯［D］. 北京：北京外國語大學，2015.

舉例如下：

原文：——Remember the great Kevin Bacon from「Footloose」?
　　　——More like「Footloser」.
譯文：——還記得《渾身是勁》裡很厲害的凱文・培根嗎？
　　　——我看是「渾身傻勁」吧。

Footloose 是影視作品片名，處理策略屬於官方名稱，下文將進行詳細分析，這裡暫不詳述。回答中的「Footloser」與「Footloose」音近，回答者認為，學跳舞的是「loser」（失敗者），表現出對舞蹈的不屑。此處文化專有項譯為「渾身傻勁」，不難看出是從影片原譯名《渾身是勁》衍生而來，只有一字之差，與原文化專有項並沒有直接聯繫，因此屬於情境替換。從文化翻譯角度看，此處的情景替換考慮了原文化專有項的作用，並通過發揮譯者的主觀能動性（將「渾身是勁」改為「渾身傻勁」），在譯文中實現了該作用（即表達出回答者的不屑），因此此例可以說是情景替換中的佳譯之一。①

舉例如下：

Grace：He has no business sticking his nose in my department.
格蕾絲：在我的部門裡沒有他插手的份。

這是《阿凡達》中格蕾絲對門外漢上司派一個癱瘓的老兵來做阿凡達極為不滿時說的話。直譯為「插某人的鼻子在部門裡」意思不通，實際上這是一句美國諺語，對應成中文是「干預插手與已無關的事，管閒事」。這樣翻譯容易被中國觀眾接受。

舉例如下：

Parker：So just find me a carrot that will get them to move, otherwise it's going to have to be all sticks.
帕克：所以，幫我找一根揮揮就能讓他們挪窩兒的胡蘿卜吧，否則的話，我們能揮的就只有大棒了。

這是《阿凡達》中基地主管對主人公杰克說的話。主管要求杰克說服納美人自行搬遷，不然的話，就要動用武力強制搬遷。這裡的「carrot」和「stick」是美國特有的文化，意指利誘與威逼。原文直譯為胡蘿卜和大棒，對於不懂美國文化的中國觀眾來說會迷惑不解，建議翻譯成：找個誘因讓他們離開吧，不然，我們只好用武力了。

---

① 劉奕勍. 從文化翻譯理論看字幕中的文化專有項翻譯 [D]. 北京：北京外國語大學，2015.

舉例如下：

原文：And right now, I would be on my 100-acre ranch in Aspen with my strapping 6'4" hedge-fund husband.

字幕：現在我就該在阿斯本一百畝的大莊園裡和我兩米多高做對沖基金的老公一起。

這裡出現了三個英制單位：英畝（acre）、英尺（foot）、英吋（inch），其中後兩者以簡寫形式出現。原文中的100英畝約為607畝，6英尺4英吋約為1.93米。字幕中的單位換算存在錯誤，是譯者疏漏還是刻意為之不得而知。不過僅從單位看，譯者將英制單位改為目標語文化通用的公制（米）或習慣的市制（畝），符合譯文觀眾的文化背景和習慣，可以說體現了譯者對文化差異的思考。

2. 文外解釋

艾克西拉對「文外解釋」策略的定義是：譯者採取重複、轉換拼寫法、語言（非文化）翻譯保留等策略進行翻譯後，認為有必要對文化專有項的含義進行解釋，但該解釋不適合或不方便放在行文中，因此以註釋（如腳註、尾註、術語表、括號內加註、註釋加粗等）形式出現在文本之外。① 由於註釋性字幕出現的位置一般與對白字幕不同，並且均出現在方括號內，打斷了觀眾對原文的閱讀，因此筆者認為將其歸為「文外解釋」策略較「文內解釋」策略更為合適。

錢紹昌提出，影視片中除了原本就有的對白之外的文字說明（如片頭或旁白），不允許譯者另外加入字幕或旁白，否則將使觀眾應接不暇，是為字幕的「無註性」。錢紹昌還提出無註性導致的兩大翻譯難點：一是中外觀眾知識文化差異，二是雙關語和文字游戲。② 但是網絡平臺影視劇加註的現象並不罕見，對於字數不多的字幕，夾註並不影響觀眾欣賞影視作品，反而會解決影視字幕翻譯的這兩大難點。另外，對於使用網絡觀看影視作品的觀眾來說，即便來不及讀完註釋，也可以選擇暫停視頻或是倒退重看。網劇中，對白字幕一般位於屏幕下方，而註釋性字幕一般出現在屏幕上方，或者緊跟在對白字幕之後出現在屏幕下方，似乎是由註釋性字幕的長度決定的；如果註釋較簡短，和對白字幕一起出現不超過兩行，不影響觀眾閱讀，則採用後者，否則採用前者。

---

① AIXELA JAVIER FRANEO. Culture-Specific Items in Translation [M]. Clevedon: Multilingual Matters, 1996.

② 錢紹昌. 影視翻譯——翻譯園地中愈來愈重要的領域 [J]. 中國翻譯, 2000 (1): 61-65.

舉例如下：

原文：It's on his Tumblr.

譯文：都傳到 Tumblr 上了。（Tumblr：微視頻社交網站）

原文：They've got Blitzen！

譯文：他們打倒布利岑了。（聖誕老人的第九只馴鹿）

原文：He's all the way over on Olympic and 20th.

譯文：而他在奧林匹克街和 20 號大街的路口。

原文：Mandalay Bay has 63 floors.

譯文：曼德勒海灣酒店有 63 層。

原文：No，that looks like last month's *Vanity Fair*.

譯文：那不是上個月的《名利場》雜誌。

「街」「酒店」「雜誌」等類別詞均屬於未出現在原文中，但包含在文化專有項中的文化信息，譯文觀眾未必清楚這些隱藏信息，增添類別詞有助於字幕觀眾迅速理解文化專有項本質。邱懋如在討論「帶有文化色彩詞語」的翻譯時指出，音譯英語的詞語時，漢語讀者一開始可能不瞭解該音譯詞的確切含義，必要時可採用在音譯詞後面加類別詞的方法（邱懋如，1998）。雖然邱懋如僅將添加類別詞歸為音譯策略的一類，但從本案例可見，添加類別詞不失為英漢翻譯中較有效且常用的方法。類別詞一般較為簡短，符合字幕對簡潔的要求。從文化翻譯理論看，增添類別詞體現出譯者對讀者文化背景和期待的意識：譯者需要評估讀者對原文文化專有項的熟悉程度，才能決定是否需要添加類別詞幫助讀者理解。

（二） 華語影視作品中的文化專有項翻譯策略

華語影視作品中充滿著漢語文化專有項，漢語的文化專有項蘊含了中國悠久的歷史和燦爛的文化，如何處理富含博大精深的中華文明的詞彙，保存漢語的文化韻味一直以來就是華語影視作品翻譯的一個難點。華語影視作品的對外傳播有助於增強中國文化產業輸出能力，提升中國文化的世界影響力。研究華語影視作品中文化專有項的翻譯，將會改善影視作品字幕翻譯質量，讓中華文明走出去，從而提升國家文化軟實力，為更多的華語影視作品走上海外市場提供啟示。字幕翻譯質量好壞說到底也就是譯語觀眾能否有原語觀眾同樣審美體驗的問題。原語觀眾和譯語觀眾由於來自不同的文化體系，其思維方式、文化視野、藝術修養以及經驗都是不同的，因此他們擁有不同的「期待視野」和「文化先結構」去解讀影視作品。譯者為了使影視作品的譯語觀眾擁有原語觀眾同樣的文化享受，實現視野融合，充分實現其翻譯的價值，字幕翻譯始終以

適應譯語觀眾為中心，對生態環境不斷地進行選擇和適應，提高影視作品的接受度。

影視作品的意義不是一成不變的，作品只是給觀眾提供了一個圖式化的框架，這個框架裡面有很多空白點和未確定點需要觀眾根據自己的人生經驗和知識去填充。譯文應順從譯文觀眾的反應效果，譯作質量的好壞應以觀眾正確理解和接受譯文為標準。翻譯理論家奈達認為，要判斷某個譯作是否譯得正確，必須以譯文服務對象為衡量標準。翻譯的正確與否，取決於一般讀者能在何種程度上正確地理解譯文。

一個成功的字幕譯者為了充分實現其翻譯的價值，使譯作在譯入語文化語境中得到認同或發揮其特定的作用，不但要具備優秀的語言駕馭能力和文化藝術理解力，在翻譯過程中還必須有明確的翻譯目的和靈活的翻譯策略，關注其潛在觀眾的「期待視野」，充分考慮他們的語言、文化、審美習慣以及情感需求和藝術理解力，站在譯語觀眾的角度來審視自己的譯文是否能夠被接受，要讓讀者讀得懂，並且讀有所得。字幕翻譯的目的就是讓譯語觀眾擁有原語觀眾欣賞影視作品過程中的審美體驗和文化藝術享受。

華語影視作品中的文化專有項具體包括：屬於專有名詞的人名、地名、朝代、典籍、文論術語、哲學術語、歷史典故、神話傳說、諺語、四字成語、網絡熱詞等，這些詞彙一直是翻譯的難點。有些學者主張直譯文化專有項，直接傳播中國文化，滿足外國讀者（觀眾）求新求異的文化心理，但是這需要觀眾的主觀能動性促使其改變原有的「期待視野」，對他者文化具有開放心態，激活求異期待，主動去解讀異域文化距離。但現在這樣的觀眾可能人數不多，硬譯中國文化，效果只能適得其反，失去觀眾。翻譯是一個受到多種因素制約的選擇過程，而制約譯者態度和翻譯策略選擇的原因非常複雜（Lefevere, 1992）。在翻譯過程中，字幕有時間和空間定位限制，不具有源語觀眾同樣「期待視野」的譯語觀眾難以在短時間內理解大量具有中國特色的文化專有項真正的內涵，為了取悅譯語觀眾，譯者只能以「意向觀眾」或「潛在觀眾」為中心，接近他們的期待視野，根據譯語文化習慣和背景來確定最終的翻譯策略。華語影視作品走向國際目前更需要我們的譯者「誘使」譯語觀眾的觀影興趣，在文化專有項這塊「苦藥」上裹上外國觀眾接受的「糖衣」，達到無障礙促進中國特有文化輸出的目的。

1. 縮減

縮減（Reduction），即簡化文化專有項，基本上不是直譯，在內容上和結構上力求原文的邏輯性，刪掉一些無關緊要、不影響整部影視作品欣賞的話

語，把原字幕意思的丟失降到最少來對字幕精華進行錘煉。這要求不改變說話人真正的意圖，對原作進行濃縮敘述。縮減有時候不僅僅是一個句子的濃縮，可能是幾個句子意思的精煉。

舉例如下：

原句：天子牒行，天狼異邦，懸布絕域，仰我威德，數來請婚。(《畫皮》)

譯文：After insistent proposals from the state of Tianlang.

天子指古代的帝王，即最高統治者。牒指中國古代官府往來文書的文種名稱之一，原是文書載體名稱，指用竹或木制成的短簡，將短簡編連在一起也稱為牒。牒行的意思是指國家與國家之間的外交聯繫。天狼是古代一個國家的名字，異邦的意思是異域。天狼異邦指的是天狼這個國家。懸布絕域是指地域遼闊。仰我威德是指天狼國對白城國的敬重和尊敬。天狼異邦和懸布絕域這兩個四字詞組都是用來修飾白城國的。這些四字古文即使是原語觀眾在欣賞時也會遇到困難，如果把這些四字古文明示翻譯成英文，句子冗長，字幕時間和空間上的限制會影響譯語觀眾的欣賞。簡潔明瞭的翻譯 After insistent proposals from the state of Tianlang 縮減了兩種文化的距離，影視作品的信息能很好的有效傳達給譯語觀眾，保證了譯文的可接受性。

2. 同化

艾克西拉的文化專有項翻譯策略之一——同化是指選用譯語觀眾熟悉的譯語文化專有項來翻譯原語文化專有項。由於譯語觀眾長期耳濡目染本土文化，對固有的文化傳統已經習慣，如果譯者不同化文化專有項，克服信息不足或模糊給譯語觀眾帶來的困惑，譯語觀眾在賞影時會產生文化隔膜，無法與原語觀眾產生共鳴，很難享受到原語觀眾同樣的藝術境界和精神內涵，從此對華語影片或迴避或捨棄。

舉例如下：

原句：西天璣，北蚩尤。(《畫皮》)

譯文：The west the will of the god, the north the barbaric.

天璣，是北門七星的第三顆，尊為祿存星。蒼穹天象，凝集東方文明的精髓。天璣，主理天上人間的財富，喻為財富之星。蚩尤是中國神話傳說中的部落首領，以在涿鹿之戰中與黃帝交戰而聞名。蚩尤在戰爭中顯示的威力，使其成為戰爭的同義詞，尊之者以為戰神，斥之者以為禍首。[1] 天璣和蚩尤是兩個極具中國傳統文化的文化專有項，只有擁有深厚的歷史知識的人才能理解，外

---

[1] 郭忠新. 現代漢語大辭典 [M]. 北京：漢語大辭典出版社，2000.

國觀眾很難理解這兩個詞彙蘊含的文化內涵，譯者只有進行順應翻譯，以譯語觀眾為中心，將這兩個詞彙進行同化成譯語觀眾熟悉的文化專有項，若直譯而不靈活變通則過度遊離譯語觀眾的接受視域，難以保證影片觀眾興趣，偏離了翻譯目的。

舉例如下：

原文：我把你們抓進來是給你們一個機會讓你們在這裡面好好修煉。（《白蛇傳說》）

譯文：We are giving you another chance, a chance to reflect and improve.

這是影視作品中的佛教文化。「修煉」如果直譯就是「try to make pills of immortality and cultivate vital energy」，會讓對中國文化有所瞭解的外國觀眾誤以為是修道、煉氣、煉丹等活動。而實際上是指法海讓白蛇和青蛇去反思進而提高思想境界，方法便是通過研習佛法、靜心打坐慢慢領悟人生道理，譯者需要把這個內涵翻譯出來。

3. 文內解釋

文內解釋是對原語字幕中間的文化專有項進行解釋說明，將文化專有項蘊含的意思明晰化，減少譯語觀眾理解的障礙，讓譯語字幕靠近譯語觀眾的期待視野，力求實現原語觀眾和譯語觀眾視野融合，從而達到跨文化交流的目的。

舉例如下：

原文：我這個人喝慣了珠江水，這日本的米，吃不慣。（《一代宗師》）

譯文：I'd rather starve than eat Japanese rice.

1938年，佛山淪陷，葉問家境變得窘迫，生活沒有著落，這時有人勸他為日本人辦事，他如此回答，表達了他寧願餓死也不願為日本侵略者做事，表明了堅決抗日的愛國決心。如果直譯「I have accustomed to drink Pearl river and not to eat Japanese rice」，英語觀眾無法從珠江水、吃不慣兩個詞彙中體會到其中的愛國和愛家鄉的文化底蘊。而解釋性翻譯為「I'd rather starve than eat Japanese rice（寧願餓死也不吃日本米）」將字幕中的真正含義明示化。

4. 絕對世界化

絕對世界化是指選非文化專有項來翻譯文化專有項。有些譯語中沒有對應的文化專有項，這時候譯者為了讓譯語觀眾無障礙地去理解影片內容，改選用譯語中意思一樣的非文化專有項，同樣也能達到有效傳達影片信息的目的。

舉例如下：

原文：眼睛裡只有勝負，沒有人情世故。（《一代宗師》）

譯文：Winning was everything. But life's bigger than that.

《一代宗師》裡，女兒宮二對父親的隱退持反對意見，理由是宮家沒有敗績，於是宮羽田批評女兒眼睛裡只有勝負，沒有人情世故。人情指人與人之間融洽相處的感情。世故指世界上這些事情。人情世故是中國文化的人生哲學，指為人處世的方法、道理和經驗。宮羽田是教導女兒一個人不管有多聰明、多能幹，背景條件有多好，如果不懂得如何做人、做事，那麼他最終的結局肯定是失敗。這裡譯者賈佩琳處理「人情世故」這個文化專有項時，用「winning」和「life」形成對比，突出英文中的「life」（生活），減少了晦澀，引起原語觀眾和譯語觀眾對影片內容的共鳴。

舉例如下：

原文：三教九流，往來人等。（《臥虎藏龍》）

譯文：Here, you find all sorts.

「三教」有多種說法，通常指儒、道、佛三教。「九流」最初在《漢書·藝文志》中提到，指儒家、道家、陰陽家、法家、名家、墨家、縱橫家、雜家和農家。「三教九流」泛指古代中國的宗教與各種學術流派，是古代中國對人的地位和職業名稱劃分的等級，也泛指社會上各種行業和各色人物。譯者將其翻譯成「all sorts」言簡意賅，傳達了原文內涵，符合字幕語言的特點。

5. 刪除

影視作品中的字幕翻譯受屏幕中的空間範圍的約束，不能把所有的文字信息一一地翻譯出來，特別是遇到一些具有特別表象意義的詞彙，譯者就要在保證字幕翻譯不會影響觀眾對影視作品的整體掌握的同時把這些無關緊要的文字刪除。這樣處理後也能通順達意地表達出影視作品中故事情節的中心意思，並且把關鍵的文字信息都表達出來了。

例如，在翻譯「接孟姜女的班，把剩下的長城也哭塌了」這一具體語境，其中「孟姜女」是一位古代時期的女子，如果觀眾不瞭解她的故事，又要在翻譯中解釋出來就會顯得過長。因此，一些具有象徵意義的詞彙就可以直接省略不譯，於是就譯成「I will cry until the Great Wall collapse」，略過「孟姜女」一詞的翻譯，就能很清晰地表達出核心意思。

在中國影視作品走向世界的道路上，翻譯起到至關重要的作用。優秀的翻譯能夠吸引觀眾，提升票房，向譯語觀眾有效宣傳中國優秀的影視作品和中國的文化，展示國家文化軟實力。低劣的翻譯則會制約華語影視作品走向國際市場，成為文化交流的絆腳石。以譯語觀眾為中心，譯者充分考慮譯語觀眾的認知心理、審美情趣、語言習慣、文化心理等因素，對影片原語字幕信息進行掛

酌，使翻譯與原字幕文化達到心靈上的契合，符合外國觀眾的接受心理和審美習慣，從而實現原語字幕和譯語觀眾兩者之間的期待視野融合，使譯語觀眾跨越語言和文化雙重障礙，為華語影視作品順利進軍國際市場做出貢獻。

第四節　影視翻譯中的修辭問題研究

影視作品中修辭的使用能更好地表達思想感情，讓人物語言更加生動、活潑。本節主要探討英漢影視翻譯的一個方面——修辭，並且提出了直譯和意譯兩種翻譯方法可以應用到影視修辭翻譯中。

眾所周知，影視作品是一門雅俗共賞的藝術，它跟文學作品不同，主要依靠畫面和聲音傳情達意，給人們提供審美享受。但影視作品也是一種語言，「它有自己的單詞、造句措辭、語體變化、省略、規律和文法」。當我們把影視作品視為一門語言時，則必然會涉及影視作品語言的修辭問題，特別是影視作品語言修辭的翻譯，現在成了影視翻譯的一個難點。由於影視作品語言是一種由畫面與聲音的流程有機組合而成的視聽語言，因此影視作品修辭的實際含義是如何更好地運用視聽技巧和藝術手段去傳情達意，以便更形象生動地表達影片的思想內涵，即如何藝術地使用影視作品語言，以達到自覺的語言審美目的。[1] 如何把英語影視作品語言中的修辭包含的文化底蘊翻譯出來成了影視翻譯工作者的一個難題。一般說來，如果直譯可以傳達出原劇的修辭效果，不妨積極使用；如果直譯不能達到與原劇大致對等的效果或引起觀眾的理解困難，就要變通地使用意譯策略，有時必須對原文釋義。這種方法有時會使譯文失去其原有的修辭效果，但是能最大限度地傳達給觀眾應該獲得的信息。

一、明喻（Simile）

明喻是就兩個不同類對象之間的相似點進行比喻。明喻中常用「like」和「as」等比喻詞。明喻用於描寫時，能形象、生動地勾畫出各種不同的形狀、動作或狀態等；明喻用於說明時，能使深奧的哲理變得淺顯易懂，如把累積知識的艱難比作針尖取土，把個人與祖國的親密關係比作孩子與母親，等等，生動、深刻，有很強的啟示和感染作用。[2]

---

[1] 周斌. 論電影語言與電影修辭 [J]. 修辭學習，2004 (1)：20-26.
[2] 黃任. 英語修辭與寫作 [M]. 上海：上海外語教育出版社，2004.

舉例如下：

Amanda: Oh! Bugger. Should I not have said that? I feel like a perfect arse! (*Friends*)

阿曼達：噢，見鬼！我是不是不該說？我覺得自己就像個飯桶！

當房子過去的主人阿曼達來拜訪莫妮卡和菲比時（儘管他們如此不喜歡她的拜訪），她說到以前菲比不想同莫妮卡住在一起，莫妮卡聽後感到非常吃驚和生氣。這時阿曼達說了這句話，在他們呆在一起的時間裡，阿曼達總是特地裝出英國口音，這都讓莫妮卡和菲比非常反感，阿曼達意識到了自己的話讓大家感到尷尬，於是自責地說了這句話，英式英語中「arse」相當於美式英語中的「ass」也就是中文中的「笨蛋，傻瓜」，譯者按照中文的表達習慣將其譯成「像飯桶」。

舉例如下：

Forrest: From that day on, we were always together, Jenny and I was like peas and carrots. (*Forrest Gump*)

阿甘：從那天開始，我們一直在一起，珍妮和我形影不離。

在影視作品中，「peas and carrots」具有美國語言特色，在翻譯時卻只能留其本意，但失去了生動、活潑，原汁原味很顯然蕩然無存。

舉例如下：

Cynthia: We've checked you out. Timmy, juvenile offender record as long as Constitutional Avenue. (*Brave Hawk*)

辛西婭：我們查過了，蒂米，你的犯罪記錄有厚厚一大沓。

美國人民非常熟悉「Constitutional Avenue」，這是位於華盛頓的一條很有名的大街，但是對於中國觀眾來說卻不是很熟悉，如果直譯為「你的犯罪記錄就和憲法大街一樣長」，中國觀眾肯定很難理解，於是譯者採取了意譯的手法。

二、隱喻（Metaphor）

隱喻同明喻一樣，也是在兩個不同類對象之間進行比喻，區別在於：明喻把本體和喻體說成是相似的，而隱喻則乾脆把兩者說成是一致的；明喻中有「比喻詞」，而隱喻中不用「比喻詞」，所以隱喻也被稱為「壓縮了的明喻」。

舉例如下：

原文：Here's Charlie, facing the fire, and there's George, hiding in big daddy's pocket.

譯文：查理面對烈火，而那邊的喬治躲進老爹的口袋。

這裡形容喬治的膽小怕事，採用直譯的手法就能生動表現喬治的性格！

舉例如下：

Older boy: Move it, jack rabbit! (*Forrest Gump*)

男孩：快跑呀，傻瓜！

「jack rabbit」是生活在北美的一種兔子，因其跑得很快而出名，這個男孩子用這個暗喻來表示藐視阿甘！很顯然意譯能讓缺少關於「jack rabbit」文化背景的中國觀眾更易理解。

三、雙關（Pun）

雙關是指巧妙地利用詞的諧音、多義或所指不同，在同一句話或同一語段中同時表達兩個不同的意義，以達到語言生動活潑、幽默詼諧的修辭效果。眾所周知，雙關語是翻譯中最難處理的。不少人甚至認為雙關語是不可譯的。在影視翻譯中，由於口形和即時性等因素的限制，自然更加困難。但是作為譯者，我們還是應該盡量保持原文的味道，儘管意義上的虧損是很難避免的。①

舉例如下：

Vito: Do you come to my Halloween Party?

Stinky: You bet!

Vito: But you didn't RSVP.

Stinky: What does RSVP stand for?

Ben: Refreshment Served at Vito's Party. (*Grown in Trouble*)

維托：你參加我的鬼節晚會嗎？

斯丁克：當然！

維托：請帖不是寫著「請賜復」！

斯丁克：「請賜復」是什麼意思？

本：這就是說「請吃全家福」

斯丁克問維托「RSVP」是什麼意思，維托也不知道「RSVP」是什麼意思，他腦筋一轉，想出一個解釋「Refreshment Served at Vito's Party」這句中幾個字的首字母恰巧是「RSVP」。維托不懂裝懂，竟然給他想出這麼一句話來搪塞，真是妙不可言。而其意思完全不是「請賜復」而成了「維多的晚會上

---

① 張春柏. 影視翻譯初探 [J]. 中國翻譯, 1998 (2)：50-53.

有點心供應」。譯者為了譯出這個雙關,譯成「請賜福」與「請吃全家福」諧音。①

舉例如下:

Mike: You misspelled「like」into「lick」, Ben. (*Grown in Trouble*)

邁克:你把「愛」寫成「受」了,本。

這是在《成長的煩惱》第 52 集中,專門搗蛋不好好念書的邁克想競選學生會主席。邁克的弟弟本努力幫哥哥競選。本做了很多標語,他打算在上面寫「I like Mike」(我喜歡邁克)。可是本的拼法很糟糕,竟將「like」拼寫「lick(舔)」。這兩個字在英文中很相似,而意義卻截然不同,這自然會引起觀眾哄堂大笑。但是在中文中「喜歡」跟「舔」毫無相似之處,誰也不會把「喜歡」錯寫成「舔」。因此,譯者翻譯成把「愛」寫成「受」了。這兩個字很相似,一個小孩子把「愛」寫成筆畫比較簡單的「受」是完全可能的。

舉例如下:

Felix: It's customary to give your valet a tip.

Felicity: All right. Felix, here's a tip-Don't brush your teeth with a brick.

費利克斯:按慣例,你應該給我點什麼東西。

費莉西蒂:好的,費利克斯,給你一個忠告:不要用磚頭刷牙。

很顯然,「tip」在這裡是個雙關,弗利克斯說的是小費,而弗莉西蒂取了「tip」的另一層意思那就是勸告。如果把費利克斯的話直譯為「你應該給我點小費」很顯然那種修辭美蕩然無存,譯者在這裡對這個雙關處理得很好。

四、誇張(Hyperbole)

運用豐富的想像,在數量、形狀或程度上加以渲染以增強表達效果就是「hyperbole」,漢語稱為「誇張」辭格。② 誇張這種修辭手段在中英文兩種語言中都用得比較多。在影視作品中為了增加喜劇效果,吸引人們的注意力,經常用到誇張這種修辭手段。

舉例如下:

Phoebe: (Standing in living room with Chandler and Joey. She pulls a huge bathing suit out of box) Hey, Mon, what is this?

Monica: Oh, um, that was my bathing suit from high school. I was uh, a little

---

① 錢紹昌. 影視片中雙關語的翻譯 [J]. 上海科技翻譯,2000 (4):17-20.

② 黃任. 英語修辭與寫作 [M]. 上海:上海外語教育出版社,2004.

bigger then.

Chandler: Oh, I thought that's what they used to cover Connecticut when it rained. (*Friends*)

菲比：莫妮卡，這是什麼東西呀？

莫妮卡：我高中時代的泳衣呀。那個時候我比較胖。

錢德勒：我還以為是康涅狄格州雨天用的遮雨棚呢。

從上面這個例子中可以看出用直譯的手法翻譯，喜劇效果不言而喻。

五、擬人（Personification）

擬人是通過把原屬於人特有的品質、行為、情感等賦予大自然其他有生命或無生命的東西，使它們具有類似人的特徵。因此，也有人把擬人法叫做「靜物動化」的一種修辭技巧。

舉例如下：

Rachel (taking cookie): Ok, thanks Phoebe. Oh my God.

Phoebe: I know.

Rachel: Why have I never tasted these before?

Phoebe: Oh, I don't make them a lot because I don't think it's fair to the other cookies. (*Friends*)

瑞秋：喔，太好吃了。

菲比：我知道。

瑞秋：為什麼以前我沒吃過呢？

菲比：我沒怎麼做過，因為我覺得對其他的餅干不公平！

這裡把餅干賦予了人的情感，更加突出了菲比的幽默感。

六、仿擬（Parody）

仿擬是一種有意仿照人們熟知的現成的語言材料，如著名詩歌句段、哲學名言、成語典故、創作風格等，根據表達需要進行改動，臨時創造出新詞、句子和語篇，以使語言生動活潑，幽默詼諧。

舉例如下：

Chandler: Hey, you guys in the living room all know what you want to do. You know, you have goals. You have dreams. I don't have a dream.

Ross: Ah, the lesser-known「I don't have a dream」speech. (*Friends*)

瑞秋：在客廳裡的各位全都知道未來該怎麼走，你們有目標有夢想，但我

卻沒有夢想。

羅斯：少見的「我沒有夢想」演說。

理解仿擬要有足夠的文化背景知識，在這裡羅斯是在仿擬馬丁路德的「I have a dream」來取笑瑞秋「I don't have a dream」，如果觀眾不知道這個典故可能就不能理會其中的幽默。

七、引喻（Allusion）

引喻是語言中一種生動、簡潔、有效的表現手段，是借用歷史上或傳說中的典故來暗示當今類似的人或事的一種修辭。引喻包含著極為豐富的文化內涵，並具有豐滿的意象效果。

舉例如下：

原文：What will you be? Alice in Wonderland with that ribbon in your hair? (*Rebecca*)

譯文：你想裝扮成什麼？漫遊奇境的艾麗斯，頭上系根緞帶？

Alice's Adventures in Wonderland《愛麗絲漫遊仙境》來自劉易斯‧卡羅爾著名的童話故事。

原文：I never told you, but you sound a little like Dr. Seuss when you're drunk.

譯文：我沒跟你說過你喝醉時真像蘇斯博士。

在這個引喻中，蘇斯博士是以寫奇異、充滿幻想的兒童書的著名作家。譯者在這裡用的直譯的方法，因為這裡要在說話的幾秒鐘內把艾麗斯和蘇斯博士的形象描繪出來是不可能的，譯者只好採用直譯方法。

以上運用了各種生動、活潑的例子討論了英漢影視翻譯的七種修辭問題。在影視翻譯中恰當地運用修辭能準確、鮮明、生動地表達感情，使語言富有感染力，吸引更多的觀眾。由於兩者歷史發展不同，文化傳統和風俗習慣、思維方式和美學觀念有很多差別，雖然英漢兩種語言在常用的修辭手段上存在相似之處，但也有相異之處，這就需要我們在英漢影視翻譯過程中對語言要素綜合把握，才能達到預期效果，更好地促進中外文化交流！

第五章　華語影視作品「走出去」之路

第一節　影視作品誤譯之殤透視

近年來，隨著中國經濟的發展和在全球市場中經濟地位的提升，中國的國際地位日益提高，影響力日益擴大，這對中國文化提出了嚴峻的歷史挑戰——中國文化軟實力能否與經濟硬實力一起，推動中華民族的偉大復興。影視作品作為一種特殊的文化產品，在國內、國外傳導效應和影響效應巨大。影視作品「走出去」戰略目標的實質是通過影視作品的對外貿易，實現對外文化傳播，塑造一個國家良好的文化形象，擴大一個國家的文化在國際上的影響力，即提升文化軟實力。華語影視作品是中國文化軟實力的一種重要表現形式和輸出形式。近年來，越來越多的華語影視作品走上世界文化交流的舞臺，通過展現魅力，華語影視作品為國家文化軟實力建設提供了助力。外國觀眾逐漸通過華語影視作品對中國武術、字畫、飲食和風俗習慣等獨具民族特色的中華文明產生了濃厚的興趣。但是目前中國影視作品出口額較低，距離歐美文化強國尚有較大差距。《銀皮書：2013 中國影視作品國際傳播年度報告》指出：中國影視作品 2013 年國內票房達到創紀錄的 217 億元，而其海外票房僅為 14 億元，還不及國內票房的零頭。這是向一路高歌猛進的華語影視作品潑出的一瓢冷水。經濟的、技術的、體制的原因都有阻礙華語影視作品走向國際的因素，其中一個重要原因可能與缺乏強有力的德才兼備的翻譯隊伍有關。好的翻譯能夠幫助譯語觀眾更好地欣賞影視作品，為華語影視作品打入國際市場開闢道路，讓我們的影視作品文化軟實力走可持續發展的道路；不好的翻譯則會阻礙譯語觀眾理解影片內容，影響觀眾對影片質量的評價，成為華語影片進軍國外市場的絆腳

石,制約華語影視作品向外展示中華文明。

總體來說,大部分華語影視作品,充分考慮了譯語觀眾的期待視野,成功地運用了恰當的翻譯策略,讓翻譯結果簡潔生動、清晰流暢、通俗易懂、雅俗共賞,引導了觀眾以最小的努力,獲得最大的信息量,有效達到了跨文化交流的目的。但是在翻譯過程中譯者或由於源語語言和文化知識的匱乏,或由於譯者本身粗心、不負責任,使得華語影視作品仍然存在一些令人尷尬的誤譯之殤。目前中國還沒有形成系統的、專業的華語影視作品對外翻譯的譯制理念和譯制機制,難以對翻譯質量進行監控來確保推向國際市場的影視作品文化產品具有較高的譯制水準。字幕翻譯水準參差不齊,影響了影片的對外推廣。本節對華語影視作品翻譯的誤譯現象進行透視,運用實證主義研究方法,遴選大量具體例證,分析華語影視作品的各種誤讀、誤譯現象,並探究其產生的基本原因,可以給華語翻譯提供借鑑,開拓華語影視作品國際市場,更好地促進對外文化交流,增強國家文化軟實力,使世界更多地瞭解真正的中國,讓譯語觀眾不再局限於觀看中國奇幻功夫,讓優秀的中華文明走向世界。

一、片名的誤譯

具有呼喚功能的影視作品片名是影視作品內容和主題的濃縮,能夠很好地傳遞影視作品主題。影視作品片名的成功英譯是華語影視作品走向世界的重要環節之一。好的片名翻譯符合譯語觀眾的審美習慣,能夠跨越語言文化障礙,吸引譯語觀眾的好奇心,激發譯語觀眾的想像力與觀看慾望,發揮其商業價值。而片名誤譯則不但不會吸引譯語觀眾的眼球,讓譯語觀眾產生不了獵奇心理,而且會誤導譯語觀眾對影片內容的預測,影響譯語觀眾的觀影興趣,制約華語影視作品走出國門。

(一)導演意圖的誤譯

在影視作品翻譯過程中,導演就是委託人,導演的意圖在翻譯過程中起著決定性的作用,在一定程度上影響影視作品翻譯的策略和內容。前已述及《霸王別姬》的例子,此不贅述。

(二)套用西方文學經典的誤譯

有些譯者為了吸引譯語觀眾的眼球和注意力,把片名譯為譯語觀眾熟悉的文化意象,但是實際上原片名根本不存在該文化意象,引起譯語觀眾對影視作品的誤解。周星馳的影視作品《大話西遊之月光寶盒》的英文名 *A Chinese Odyssey*:*A Pandora's Box* 就是一個很典型的例子。*Odyssey*(《奧德賽》)是荷馬所著的著名史詩,奧德修斯(Odysseus)是其筆下的一個著名人物。奧德修斯

是一個英勇、頑強、戰鬥不息且又智慧過人的英雄形象,特洛伊城是被奧德修斯的木馬計攻破的。奧德修斯與自然鬥爭最後回到妻子帕涅洛普身邊的冒險經歷,說明了人能靠勇敢、毅力和智慧,最終戰勝自然。影視作品《大話西遊》中紫霞仙子最後香消玉殞,魂歸西天,兩人最終沒能團聚。因此,英文片名中的歷史文化和典故知識蘊涵的信息跟影片內容根本不符合。「Pandora's Box」來源於古希臘神話人物潘多拉,打開她的盒子,盒子裡釋放出人世間的所有邪惡——貪婪、虛無、誹謗、嫉妒、痛苦等,英語中常用「Pandora's Box」比喻「災禍之源」。而這部影視作品中,「月光寶盒」能使時光倒流,借助於它,人們能把以前不如意的地方重新來過。這裡譯者將「月光寶盒」翻譯成「Pandora's Box」,簡直是牛頭不對馬嘴。為了尋求「迎合」譯語觀眾,而隨意借用譯語裡面的典故,不僅不會促進文化交流,反而會引起觀眾的誤解,影響觀眾對影視作品的欣賞。

二、臺詞的誤譯

(一) 人物性格語言的誤譯

影視作品中,人物的性格、身分、地位、文化背景可以通過語言來表現,語言是刻畫人物形象的重要方法之一,譯者在翻譯時,要實現人物語言的性格化,注意遣詞造句和語言表達。王家衛導演的《花樣年華》贏得很多國際獎項,包括第 26 屆愷撒影視作品節最佳外國片和第 67 屆紐約影評人協會最佳外語片獎,這當中有採用歸化翻譯策略的托尼・雷恩(Tony Rayns)和詹姆斯・詹(James Tsim)兩位譯者的功勞。儘管該片英文字幕翻譯十分貼切,注重讀者反應的同時,很大程度上使譯文本土化,保持了源語文化的異質性,再現了影片人物的語言風格,但裡面也出現了言語不符合人物的身分和個性特徵的誤譯瑕疵。

舉例如下:

阿炳:干嗎,找我嗎?

周慕雲:找了你一整天了,上哪兒去了?

A Bing: Looking for me?

Zhou Muyun: Damn right, where've you been?

影片中,周慕雲是個彬彬有禮、談吐溫文爾雅的紳士。在說這句臺詞時,譯者為了突出周慕雲跟阿炳找了一天的著急心情,忘記人物的身分、地位和性格,翻譯成了「Damn」,但「Damn」是詛咒、罵人的話,也是粗俗無禮的人的口頭語,這與周慕雲紳士的語言和行為很不符合。

（二）文化詞彙的誤譯

有些華語影視作品譯者是來自國外的漢學家，他們對中國的語言和文化造詣頗深，也對影視作品翻譯事業具有高度的責任心和使命感，在影視作品翻譯時，其在語言和文化層面以及字幕技術上的處理上都可以稱為成功之作。但他們畢竟沒有長期生活在中文環境中，對有些文化詞語的翻譯難免有失誤。

舉例如下：

性冷淡女：現在什麼時候找什麼時候在。

譯文：Now, whenever I need him, he is there.

秦奮：那是，他要是跑了就成《聊齋》了。

譯文：If he runs away now, you should get your money back.

這是馮小剛的喜劇影視作品《非誠勿擾》中的臺詞。馮小剛是一個非常有才華的導演，他的喜劇影視作品語言藝術特點非常獨特和鮮明，整部影視作品的發展和理解都是依靠幽默風趣的精彩臺詞支撐。他經常會調侃中國觀眾熟知的社會文化、流行語言，讓中國觀眾捧腹大笑。由於原語觀眾和譯語觀眾的審美體驗、文化背景不同，幽默臺詞的翻譯並非易事，這不但需要譯者知識淵博，而且需要譯者認真負責的態度，努力做到兩種語言觀眾審美體驗一致。性冷淡女在與主人公秦奮相親時，述說自己前夫生前很少回家，人也找不到，現在去世了，安葬在公墓裡，反而可以隨時找得到了。中文字幕中，《聊齋》是個中國關於鬼故事的一部非常著名的小說，屬於特有的中國元素，對於中國觀眾來說，字幕中的隱含意思非常明顯。原譯考慮到譯語觀眾對《聊齋》的認知缺失，直譯會產生文化隔膜，於是省譯「《聊齋》」，中文字幕中的幽默詼諧在譯語中完全失去。其實譯者只要找到譯語文化裡和《聊齋》相似的文本，就可以讓譯語觀眾擁有原語觀眾同樣的愉悅審美體驗，領悟其中的幽默風趣。這裡譯者可以引用廣為人知的僵屍故事「The Night of Living Dead」，改譯成「that will be called The Night of Living Dead」可以讓國外觀眾欣賞到中國式幽默。

（三）原文誤讀的誤譯

華語影視作品字幕翻譯實在不是一件容易的事情，誤譯影響了原字幕及其文化的準確傳達。中文是世界上最豐富的語言之一，往往一種詞彙可以表達很多種意思，這就需要譯者仔細斟酌，準確選取其中一種意思，以免引起誤讀和誤譯。

舉例如下：

原文：嚷嚷什麼？我還沒招呼呢！（《霸王別姬》）

譯文：What are you screaming for? I haven't even said hello yet.

「招呼」一詞在中文中有幾種意思，最基本的意思是「say hello to sb.」，影視作品中，小石頭作為大師兄，沒有帶師弟們表演好，師傅很生氣，小石頭準備受罰挨打，師傅還沒開始打，小石頭就哎喲叫上了，師傅的「嚷嚷什麼？我還沒招呼呢」並不是中文字面的意思「I haven't even said hello yet」，這裡是指「招呼」的深層意思「beat sb.」。譯者由於對中文語言文化背景知識瞭解還不夠，缺少對源語文化內涵的理解，按照自己的理解翻譯，並沒有將這句話真正的隱含意義突顯出來，造成譯語觀眾的誤解。這句話可以翻譯為「I have not started beating you yet」。這個誤譯給我們一個重要啟示：我們在進行華語影視作品翻譯時，可以將來自於源語和譯語兩方的譯者共同納入影視作品翻譯中來，形成跨文化翻譯小組，實行強強聯合，一起探討字幕翻譯，這樣能有效提高字幕翻譯質量。

舉例如下：

韓琛：我也很久沒在這兒吃飯了。

黃督察：你喜歡的話，隨時歡迎。明天吧。

韓琛：免了吧。兩手空空，怎好意思？(《無間道》)

Han Chen: I haven't had my dinner here for quite a while.

Superintendent Huang: If you like it, you're always welcome here. How about tomorrow?

Han Chen: I'll take a rain check. I feel bad coming here empty-handed。

原文中的「免了吧」是說不用了。在影片中，韓琛說好久沒在警局吃飯了，黃督察聽了，馬上說「隨時歡迎」，意思是找到證據證明韓琛犯罪，就馬上將其逮捕。韓琛聽了很不高興，言語上跟黃督察過招，說沒有帶禮物，不好意思來。很明顯，沒有誰願意被抓到警察局。而「take a rain check」在英文中指當時你不能接受某人的邀請做某事，但你以後可能會接受，簡而言之就是「改天」的意思。來自黑幫的韓琛怎麼會願意改天進警局呢，意思完全改變了。因此，這裡明顯是譯者誤讀，進而誤譯，可以將其改譯成「It's not necessary」。

（四）稱謂的誤譯

稱謂廣義上可以指名稱，狹義上指人交往當中彼此的稱呼，這種稱呼通常基於血緣關係、職業特性、宗教信仰、社會地位等因素，有時也可以指人的姓氏、名字。稱謂是為了表明人們之間的社會關係才產生的，表示了說話人和被稱謂者之間的社會關係，也表示了被稱謂者的社會地位，區分了人們在社會關

係中扮演的不同角色。中文中的一個人的稱謂種類很多,一個人甚至可以多達幾十種稱謂。

《太極張三豐》中有很多人物稱呼,對於譯者是個很大挑戰。在該片中,譯者將「師父」「師兄」「師弟」分別翻譯成英語「Master」「Senior」「Junior」,符合譯語的稱呼習慣,但是在翻譯「師伯」「師叔」「師母」時,同樣將「師叔」翻譯成「Master」或者在有些字幕中將「師伯」省譯,甚至將「師母」翻譯成為英文中的「Godmother」就顯得譯者很不專業了。「Godmother」在英語文化中指教母與教父一起,為基督教禮儀中受洗兒童的作保人。在古時,西方嬰兒或兒童受洗後,教父或教母會教導受洗者(即教子)在宗教上的知識,而如果教子的雙親不幸死亡,教父母有責任去照顧教子。在源語中,師母是對師父的妻子的尊稱。而將「劉三爺」「八爺」「劉公公」統一翻譯成為「Master」勢必讓譯語觀眾誤解這些人物的品質和特徵,有損「師父」在中文中享有的高貴內涵。

(五) 數字的誤譯

在中文日常用語中,說話人由於自謙、誇張等,有些數字並不是實指具體的數字,而只是虛指。有些中文成語是明顯的體現,如「一夫當關,萬夫莫開」「千里之行,始於足下」「行百里者,半於九十」等。因此,在華語影視作品中,如果譯者不著眼於字幕整體,孤立翻譯數字,很容易誤譯。

舉例如下:

原文:學了兩出。

譯文:Yes, two.

在影視作品《霸王別姬》中,戲班關師傅出於自謙,在別人詢問小豆子是否有「昆腔的底兒」時,回答「學了兩出」。「兩」可以表示具體數量,同時也有模糊數量之義。戲班主要是學京劇,但「京昆不分家」昆曲與京劇有很多相似的地方,旦角的柔美婉約不乏昆曲的神韻,這不是學過兩出戲就能達到的境界。因此,翻譯成「two」顯然不妥,會引起譯語觀眾誤解,認為昆曲很容易學。

舉例如下:

秦奮:我心裡裝著八個女的,都看不出來

Qin Fen: You couldn't even tell, if I had eight other women in my heart.

在影視作品《非誠勿擾》中,原語字幕中的八個並不是確切數字而是一種誇張的修辭手法,對於中國觀眾,都心裡明白這是指很多女人,英文字幕切切實實的翻譯成「eight」,會讓譯語觀眾疑惑為什麼秦奮是心裡裝了八個女

人,而不是七個或九個,或其他的數字呢?會不會八有特殊的含義在這裡呢?在這裡,我們可以翻譯成「a flock of」。

(六)語音誤譯

利用具有鮮明特點的語音製造幽默,是華語影視作品導演經常使用的藝術手段。在幽默文本中,相同的詞素部分給上下文提供了意義聯繫的線索;不同的調素部分則令整個詞彙的意義發生了改變,同時可以造成幽默詼諧的效果。譯者必須仔細分析原語的語音特徵,努力在譯語中找到重現語音幽默。

舉例如下:

原文:再這個樣子下去,你的手機就不是手機了……

譯文:Sooner or later, that phone won't just be a phone.

原文:是什麼啊?

譯文:What will it be?

原文:手雷!

譯文:A hand grenade.

在《手機》這段對話中,費老就使用了同頭詞彙「手機」和「手雷」來指出手機的負面作用,即手機慢慢會變得像手雷一樣危險。「手」這一詞素在「手機」和「手雷」的同頭,原語觀眾馬上能領其中蘊含的幽默。原譯「phone」和「hand grenade」在詞形上差距較大,譯語觀眾不能產生原語觀眾同樣的審美體驗,也體會不到導演苦心製造的幽默。其實「手機」還有一個英文對應詞「handset」,這就與「hand grenade」擁有同一個詞素「hand」,把「phone」改譯為「handset」,進行換位補償,幽默的體驗在譯語中有效保留了,譯文實現了等效。

全球化時代,中國導演正在進軍國際市場的路上艱難前進,他們努力想向世界展示具有中國特色的濃鬱的民族文化、風土人情,身上肩負著傳播中國文化的重任。有些華語影視作品已經在國際上取得了不小的成就,像《臥虎藏龍》《花樣年華》《霸王別姬》等。翻譯質量的好壞直接關係到華語影視作品是否能夠贏得更多的海外觀眾以及有效傳播中華民族文化,展示國家文化軟實力。要從根本上減少華語影視作品誤譯,需要我們優化翻譯隊伍,招納譯才與譯德兼備的譯者。譯才指譯者要專業素質好,通曉兩種語言背後的文化,瞭解影視作品翻譯的特點和要求;譯德要求譯者具有高度的責任心和使命感,認真負責,力求讓譯語觀眾在欣賞影視作品的過程中擁有與源語觀眾相同的審美體驗。我們在進行影視作品翻譯時,可以讓精通雙語的兩國的譯者共同參與其中,共同商榷,提高翻譯質量。很多懂英語的導演就扮演著這樣的角色,像陳

凱歌、王家衛、李安等，他們在譯者進行翻譯時，都會仔細閱讀英文字幕，看譯者的翻譯是否與影視作品風格和自己的導演意圖相一致。譯者在翻譯過程中既要以譯語觀眾為中心，考慮他們的接受水準、思維方式、語言和文化審美習慣等，使譯語觀眾的審美體驗與原語觀眾的審美體驗融為一體，又要保持中國傳統文化自信，立志於傳播中華文明。

第二節　華語電影「走出去」的對策

「翻譯」和「影視」是跨文化傳播的重要橋樑。影視作品作為文化產業重要的一部分，以其強烈的藝術感染力、突出的產業推動力以及巨大的文化傳播力，在傳播中華文化、塑造國家形象和奪取國際輿論話語權等方面發揮了重要的作用。影視作品是國際傳播的重要組成部分，不僅可以增加外匯收入，還可以從價值觀念、民族文化、體制變革等方面提升本國在國際上的影響，是一國文化軟實力對外傳播的重要渠道之一。影視作品除了具有商業價值和文化意義，也具有重要的政治作用。中國影視作品「走出去」不僅關乎文化軟實力傳播和影視產業商業利益，更關乎國家外交大局。由於意識形態方面的作用，影視產業更多地關係一個國家的文化自覺和文化安全。如何保持中國影視作品在國際上較高的能見度和曝光率，擴大國家的影響力，展示軟實力，是當下中國影視作品面臨的重大課題。在有效利用資本輸出的同時，尤其要重視學習和借鑑國際上的有益經驗，提升中國影視作品的整體質量，才能將中國文化更好地向世界傳播。

中國是全球最大的影視劇生產國與消費國。近 10 年來，中國影視作品市場每年以超過 30% 的比例持續高速增長，尤其是近幾年的數據更是令人驚奇。2016 年僅第一季度，中國影視作品票房已高達 144.7 億元，同比增長 51.2%，各項數據再次創下歷史新高。「史上最火春節檔」「史上最高單月票房」「史上最高單片票房」等一系列紀錄在 2016 年 2 月集中被刷新。特別是「春節七天樂」產生的 36 億元票房成績已打破世界紀錄。中國影視作品市場的火爆程度令全世界震驚。同時，近些年來，中國廣播影視作品電視節目交易中心每年向海外輸出 1 萬多小時的影視作品。《木府風雲》曾在東南亞掀起「中國風」；越南國家電視臺青年頻道播出的《北京青年》俘獲了很多越南觀眾的心；《三國演義》《水滸傳》《紅樓夢》《康熙王朝》《甄嬛傳》等歷史劇是最受全球觀眾關注的；像《英雄》這樣的功夫題材作品外國觀眾非常感興趣；《熊出沒》

讓中國的卡通形象登上了全球知名的迪士尼兒童頻道；《舌尖上的中國》讓國外的觀眾對中國美食的瞭解又更近了一步。

隨著中國影視作品產業規模的不斷擴大和資本力量的逐步雄厚，中國的影視作品公司已經開始由「影視作品產品走出去」到發展部署公司的國際化戰略。中國各大影視作品公司在美國成立子分公司，從製作環節和投融資環節進入好萊塢。佈局海外已經成為中國影視作品「走出去」的新階段。同時，財大氣粗的民營影視作品公司開始併購海外公司。萬達、阿里影業、華人文化產業基金等近年來都有所動作。2015 年，萬達集團旗下萬達院線以 22.46 億元全資收購澳洲第二大院線公司 Hoyts100% 股權；2016 年，萬達以 35 億美元（約合 220 億元人民幣）收購美國知名影視作品製片公司傳奇影業。中國的影視作品公司入股、收購國際影視作品公司以及在國際範圍內重組等「資本走出去」已漸成趨勢。特別是近 10 年來中國影視作品進入高速發展的「黃金年代」，包括好萊塢在內的國際影視公司也越發看重中國市場，國際影視作品市場對中國題材、元素的興趣不斷升溫。①

當下中國影視作品海外推廣有以下幾種模式：

其一，依託於已經建立起的中國影視作品文化和美學的資源進行推廣。「動作類型+國際影星」的組合是這種優勢的體現。比如《長城》在海外推廣主打動作類型這張牌，其海外官網簡介上，主要提到了導演張藝謀和演員劉德華，正是依託他們在海外的名氣累積，贏得了眾多的海外觀眾。《一代宗師》《美人魚》《葉問 3》《西遊伏妖篇》《功夫瑜伽》等影片的海外成就也是得益於其動作類型選擇以及王家衛、章子怡、周星馳、甄子丹、徐克、成龍等國際明星的資源和優勢。

其二，充分利用海外銷售代理商進行國際行銷。這些代理公司具有海外市場的資源優勢，並且熟知其行業規則和法律，能夠補上中國影視作品企業在此方面的短板。

其三，利用全球各類國際影視作品節進行中國影視作品文化的推廣。

其四，依託中國影視作品頻道（CCTV6）落地海外電視臺進行推廣。中國影視作品頻道通過整體落地、分時段落地和零售落地三種形式在全球落地，播放國產影視作品和相關欄目，目前已在美國、法國、印度尼西亞和一些非洲國家等全球 100 多個國家和地區有效落地，其收視用戶超過 130 萬人。

其五，利用新媒體和新平臺進行商業推廣。最具代表性的是 2016 年春節

---

① 柏榕榕. 中國電影走出去的困境與機遇 [J]. 現代聲像檔案，2016（4）：27-28.

前後有關企業搭建的國產影視作品全球發行「普天同映」平臺，通過這一平臺，每月有至少1部國產影片在全球33個國家和地區的120座城市的主流院線與國內同步上映。①

在中國影視作品幾十年來「走出去」的歷程中，歷經從內容、產品、人才，進而到資本全方位的輸出，這些優秀的影視文化資源轉化為軟實力，讓中國民族文化被世界認同，應該說取得了一定的成績。

但是用數據來衡量，中國影視作品「走出去」之路還舉步維艱。在影視作品產品出口方面，根據中國影視作品海外推廣公司的數據顯示，2012年，中國影視作品的年產量超過700部，但年出口海外影片僅僅75部，銷往80個國家（地區），其中合作製片46部，所占比例高達61.33%；海外票房及銷售總收入為10.63億元，不到國內票房的10%。2013年上半年，國產影片出口海外共計88部，出口19個國家（地區），從海外票房收入來看稍微有所反彈。2014年，中國國產影視作品海外銷售額約18.7億元，全國影視作品總票房296.39億元，海外銷售額占比不到7%。

在電視劇出口方面，中國是電視劇製作及播出大國，然而自2010年以來，中國電視劇年對外出口額均約1億元，海外銷售收入僅僅占銷售總額的5%左右，國產電視劇主要出口到東南亞地區，這些地區的華人社區是中國電視劇的主要觀看群體，約占總量的2/3，而歐美國家的觀眾寥寥無幾。2012年，國產電視劇市場蓬勃發展，湧現一批製作精良、內容廣受歡迎的優秀劇作，部分作品出口海外贏得了一定的聲譽，影視劇產品對外輸出取得了很大成效。華錄百納的《媳婦的美好時代》《金太狼的幸福生活》在非洲播出獲得了較高的收視率。2013年以來，中國電視劇貿易逆差有所減小，但仍然很嚴重。

在動畫產品和電視節目出口方面，數據顯示，近年來中國動畫出口額穩定增長，但出口企業數量出現縮減的趨勢。以2010—2012年為例，2011年，中國出口動畫片146部20萬分鐘，銷售額2,800多萬元。2012年，中國動畫出口企業數量為215家，海外銷售額3,273萬美元（約合人民幣2億元）。動畫出口額穩定增長而出口企業數量減少是因為中國對動漫產業的整合正在加快，整個產業正在經歷由製作數量的競爭向製作質量的競爭轉變，只有那些生產優秀作品的企業才能最終從競爭中勝出。

總體而言，中國影視作品國際影響力的提升並未與中國影視作品產業的高速發展同步。其主要原因如下：

---

① 趙衛防. 中國電影海外推廣的路徑與主體區域研究［J］. 當代電影, 2016（1）: 12-17.

首先，中國很多主流商業影視作品在其主題的表達方式上缺乏國際普遍性，並且對海外受眾心理和外國文化缺乏深入瞭解，以至外國觀眾對除了功夫類型之外的其他中國影視作品興趣不高，難以進一步向國外推廣。曾經在亞洲地區取得高票房的《赤壁》和《投名狀》敗走西方主流影視作品市場即是此類問題的典型例證。

其次，本土影視作品專業人才匱乏，特別缺少能夠充分瞭解國際影視作品合作與製作的人才。近年來，越來越多的華裔導演活躍在好萊塢，但像李安這樣精通東西方文化的專業影視作品人才少之又少。

再次，中國影視作品質量仍待提高，高品質的影視作品數量較少，有智慧的原創作品匱乏。故事講得不夠好、技術和藝術水準不夠高、製作不夠精良，仍是國產電影普遍存在的問題。曾經靠「中國功夫」吸引西方觀眾的武俠大片現如今已魅力不再，其他題材大都因創意、製作水準較低缺少競爭力。

最後，中國影視作品在海外推廣層面也有諸多問題。其一是推廣理念的問題，當下中國影視作品進行海外推廣更多是出於商業的訴求，秉持這種理念，必定在海外推廣時帶來主體缺失和急功近利的問題。其二是海外商業推廣途徑雖然越來越多元，可針對的仍然是華人社區，沒有真正進入海外主流觀眾的視野。其三是目前從事影視作品海外發行業務的海內外公司數量少、規模小，並且影視作品行銷手段不足，行銷時很少加入讓海外觀眾耳熟能詳的一些元素，對海外市場判斷也缺乏準確性。中國影視作品海外發行推廣還暴露出諸多技術性問題，中國影視作品的海外自主商業渠道還很滯後，國際商業營運能力不強。推廣模式不成熟，推廣渠道單一、陳舊和推廣的專業化水準低，也成為制約中國影視作品被國際廣泛知曉的瓶頸。①

因此，受政府策略、文化差別、傳播途徑、創作水準等方面的局限，中國影視產品在國際上的影響力和競爭力仍有較大的提升空間。我們可以採取以下途徑加以改進：

第一，提煉內容。自影視行業產生之初，一直遵守著一條鐵律，那就是「內容為王」。當西方用他們的「英雄」「大義」來影響我們的年輕人的時候，我們迫切需要從傳統文化中披沙揀金，將祖先留給我們的優秀文化的無限資源，進行大策劃、大投資、大製作、大行銷、大傳播，奪取年輕人的眼球，搶占影視行業制高點，實現中國影視文化的「走出去」。現階段，中國影視產品在表達層面上並沒有將國際市場作為考量重點或出發點，導致影視產品仍處在

---

① 柏榕榕. 中國電影走出去的困境與機遇 [J]. 現代聲像檔案，2016（4）：27-28.

以國內消費為主導，通過國內市場的收入回收製作成本的階段，海外利潤較少。影視產品作為展現國家形象的有力文化媒介，要在以展現中國傳統文化為內核的基礎上，融入國際話語體系中，打造跨越國界的文化產品，使中國影視成為世界上一種新的文化主體，實現以傳統文化為基礎的中華文明對西方文明的包容，增強當下經濟崛起時代的中國主體的自信。最緊迫的問題是拿什麼內容「走出去」。影視天生是一種內容敘事的大眾文化產品，雖然好的影視作品未必都在講述好故事，但好故事一般都會撐起一部好的影視作品。優質內容是中國影視作品「走出去」的首要保證，這已成為眾影視機構的基本共識。中國影視作品需要過硬的內容品牌以及進一步尋找本土性與全球化之間雙向運行的平衡點，讓體現中國特色、中國風格、中國氣派的優秀影片進入國際主流市場。

　　20世紀50年代後，美國成為影視作品超級大國，其中一個關鍵的因素在於用影像作為載體，巧妙地包裝了各種秘史（包括諜戰情報、秘密檔案）和超前的人類學思維。這種獨特的影視作品創作元素和敘事策略，經過影視作品故事的演繹，既不危及國家安全，也不損害國際關係，還創造了高收視率和票房，比如諜戰片《007》系列，斯皮爾伯格的《奪寶奇兵》系列，維賓斯基的《加勒比亞海盜》系列，一直到前幾年的《國家寶藏》系列，不僅成為票房之最，更給予觀眾一個神祕的想像空間。又如2009年的《阿凡達》，全球票房收入達27億多美元（約合人民幣171億元），雄踞好萊塢票房收入榜首。好萊塢最賣座的101部影片中，絕大部分影片都屬於這些玄妙神奇的、具有人類學前瞻思考的題材。實際上，中國文化的歷史更悠久、內涵更深遠，國產大片的創作資源更豐富，影視作品產業的發展道路更寬廣。我們的影視作品是否也能夠拓寬創制思路，巧妙地對東方神祕文化進行包裝，拍攝出具有中國特色的大片，真正走出國門，走向世界，在賺回鈔票的同時，也讓世界人民瞭解中國，實實在在贏得中國影視作品文化的話語權。[①]

　　中國國際電視總公司是一個很好的例子。作為國家文化出口重點企業，中國國際電視總公司連續7年入選中國文化企業30強。該公司負責人表示，他們始終堅持「內容為王」，近年來更是大力投資優質節目資源，如古裝劇《琅琊榜》《海上牧雲記》《軍師聯盟》，近現代劇《歡樂頌》《親愛的翻譯官》《偽裝者》等國內收視、口碑俱佳的劇作。《琅琊榜》已發行到了新加坡、泰國、新西蘭、澳大利亞、法國等國家和地區，反響巨大。

---

① 鴻鈞. 中國電影也要爭取話語權 [N]. 人民日報（海外版），2016-04-19（11）.

每個國家都有其獨特的文化歷史，這意味著能夠提供各具特色的影視題材。我們的影視作品人應做中國影視作品文化的探索者，不斷推出有價值的中國大片，弘揚中華民族優秀的歷史和博大精深的傳統文化，維護世界的正義與和平。

生命自由、個性解放和擁抱幸福的內涵容易獲得各方認同。在國外影響較大的《紅高粱》《臥虎藏龍》《霸王別姬》就是最好的例證。這些影視作品將個體對自由和幸福的向往植入民族故事之中，借助國際化的視聽手段獲得了廣泛的關注，只要堅持不懈，中國價值的國際接納只是時間問題。

在市場和票房價值之上，影視作品產業的價值更在於對人的靈魂的淨化，對人類精神世界的美麗昇華。這種昇華，唯有賦予中國傳統優質文化以靈魂，以本土文化為「原點」，兼納國際化的諸多元素，生產出既具有本土化內容又能將和平、統一、魔幻等國際元素結合，以最通俗的影像語言為載體的優質影視文化產品，走出國門，走向世界，在得到全球觀眾的認可後，最終獲得中國影視作品文化的話語權。

第二，採用對外合作製片、併購海外影視企業等方式作為當下中國影視作品「走出去」在資本運作方面的主要模式。從當年取得的成就來看，其中合作製片的效果最為顯著，《功夫熊貓3》為中美合拍片，另外以《狂怒》《變形金剛4》《碟中諜：神祕國度》《第七子》等為代表的好萊塢影視作品中，中國資本在好萊塢大片中的作用更加淋漓盡致地呈現。華誼公司投資的好萊塢影片《Gift》（《禮物》）直指北美市場而根本不在中國發行。現階段的中國影視作品公司不再只固守中國本土市場，而是直接投資好萊塢影視作品進而參與影片全球分帳。這種「借船出海」的方式能確保中國影視作品吸引外資。更重要的是，參與合拍的國外製片方能夠利用其推廣優勢和市場優勢在其所屬國及全球發行，使具有中國元素的合拍片實現有效的海外傳播，而純粹國產片無法達到這樣的傳播優勢。但是在國際投融資方面，我們還應當進行國際化人才儲備，逐步形成熟悉海外財務、金融、法律的專業人才團隊，充分瞭解海外市場的程序規定，使中國影視作品在投融資過程中與海外公司無縫對接，從而真正完成中國影視作品海外戰略佈局。我們還要建立穩定有序的投融資環境，逐漸完善版權交易市場、市場交易制度、保障體制，並形成相應的法律法規，逐步規範中國影視作品海外投融資相關規定等。①

第三，大力加強譯制工作。由於語言、文化差異，文化交流過程中存在

---

① 趙衛防. 中國電影海外推廣的路徑與主體區域研究［J］. 當代電影，2016（1）：12-17.

「文化折扣」現象，影響著海外觀眾對中國影視作品的接受。有數據顯示，目前中國影視作品年產量600~700部、電視劇年產量10,000多集、網劇年產量十幾萬分鐘，已成為世界第二大影視作品市場，第一大電視劇、網劇生產國。然而，令人尷尬的是，如此之多的影視作品能傳播到海外的仍然是少數，能獲得海外觀眾認可的更是鳳毛麟角。專家認為，其中的重要原因是中國的影視譯制人才缺乏、能力不足、渠道不暢。因此，中國影視要想真正「走出去」，一定要邁過翻譯這道「坎兒」。地道的譯制和本土化包裝實際上是「走出去」的基礎工作。優秀的影視作品譯制有利於克服語言障礙、擴大傳播範圍、提升傳播效果，本土化配音更能體現對受眾國語言的尊重，容易獲得當地民眾的認同。

2015年，華策集團與香港nowTV合作出品的古裝劇《衛子夫》通過本土化的譯制包裝，嘗試克服語言障礙，遠售40多個國家和地區，並受到廣泛好評。華策集團相關負責人認為，這與電視劇優質、地道的譯制脫不開關係。

高水準的影視譯制必須依靠優秀的影視翻譯人才。影視翻譯不同於一般的翻譯工作，不僅需要熟練掌握外語，也要懂得影視作品藝術和影視作品語言，還要瞭解中外的文化差異、海外受眾的接受習慣等。影視翻譯行業的從業人員要從文字工作者轉變成藝術工作者，通過翻譯重塑文化的背景、內容，克服語言障礙，擴大傳播範圍，用原汁原味的本土化配音獲得當地民眾的親切感、認同感。《中華人民共和國電影產業促進法》第四十四條規定：「國家對優秀電影的外語翻譯製作予以支持。」我們需要搭建交流合作平臺，讓影視譯制越來越「專業」。我們可以邀請各國在影視領域有著豐富經驗與一定影響的代表訪華研修、切磋經驗、選譯作品，可以讓更多人深入瞭解和分享中國文化，實現中國文化「走出去」和國際智庫「請進來」的有效結合，讓包括影視作品在內的各國文藝創作成果通過高水準譯制，跨越語言障礙進入千家萬戶。另外，政府部門和影視機構在充分重視影視翻譯重要性的基礎上，通過各種模式，利用影視作品節、院線、電視臺、新媒體等各種平臺，更好地開展中國影視的外譯活動，促進中國影視作品「走出去」，增強中國影視的國際影響力和傳播力。

第五，要建立傳播渠道。我們應繼續深化中外影視合作，鼓勵國內影視機構和各國的主流電視媒體合作，在境外媒體的固定時段、固定頻道定期播出中國的影視作品，逐漸培養外國觀眾對中國文化的理解力，逐步跨越「文化鴻溝」。中國國際電視總公司已譯制包括英語、法語、阿拉伯語、葡萄牙語、德語、匈牙利語等30種語言的不同類型的節目，並在當地主流媒體播出。該公

司在南非開普敦電視臺「ChinaHour」時段的全部節目均邀請當地主持人做導視、訪談等，以適應本土觀眾的需求，拉動收視率。

第六，支持影視翻譯研究，建立文化專有項數據庫，形成一些特色詞彙的規範和定式。中國官方對影視翻譯研究重視和支持還不夠，很多精力放在推廣影視作品上面，對譯制這一領域投入不多，可以組織專家學者建立專業影視翻譯語料數據庫。

第三節　影視翻譯人才的培養

一、影視英譯課程教學現狀

影視翻譯已有百年歷史，但近 20 年來，影視譯制專業才開始開設。隨著影視譯制事業的發展，國外已有二三十所高校開設影視譯制專業的本科、碩士以及博士培養課程。這些高校主要集中在有著悠久的譯制歷史的歐洲，如英國曼徹斯特大學、英國帝國理工大學、英國利茲大學、英國洛翰普頓大學、英國薩里大學、英國米德塞斯大學、西班牙巴塞羅那自治大學、義大利帕爾馬大學、葡萄牙萊里亞理工大學等。此外，一些大學雖然沒有開設影視譯制的專業，但也積極開設影視譯制的課程。影視翻譯專業或影視翻譯課程的理論和實際建設都處於發展階段，相比於傳統的文學翻譯專業及課程，影視翻譯專業及課程設計有其特殊性，需要從理論和實踐兩方面去準備和設計以及在教師與學生培養方面進行系統的構建和發展。

在中國，全國有一半以上設置翻譯本科專業的大學都已經把「影視翻譯」課程列入人才培養方案當中。中國傳媒大學的影視譯制專業是國內可以提供系統的影視翻譯課程的教學單位。2003 年，中國傳媒大學率先開設本科英語影視翻譯專業，為學生提供系統的影視翻譯課程。此外，北京電影學院於 2002 年招收表演專業的配音方向，稱為表演配音班。不過，該校至今只進行了一屆表演配音班的招生。此外，同濟大學影視作品學院於 2008 年開設了影視配音專業。其他還有一些高校，如北京外國語大學、上海外國語大學等也將「影視翻譯」列入翻譯和英語專業本科及碩士階段的課程計劃。北京電影學院和同濟大學的配音班，主要側重配音演員的培養，而非翻譯能力的培養。實際上，大多數開設翻譯專業的高校所開設的「影視翻譯」課程只是作為翻譯能力培養的一部分。同時，儘管這些大學在翻譯教學中累積了豐富的經驗，但是像「影視翻譯」這樣的應用型翻譯課程，由於受到課時與師資的限制，無法

對影視譯者進行系統的培訓。有些大學把傳統的翻譯課材料換成經典的影視劇本,「舊酒裝新瓶」,教學重點仍然停留在紙質翻譯上,甚至有些大學教學理念太落後,把專業性很強的影視翻譯課上成了簡簡單單的影視欣賞加翻譯練習。影視翻譯面對的並非是單一的文字文本,而是由圖像、畫面、聲音、色彩等特殊的表意符號融合而成的多重符號文本,受到傳播中空間和時間的制約,如果採用傳統教學方法,只會降低學生的積極性,沒有學術性和職業性的影視翻譯課程不能讓學生學以致用,合格的影視翻譯人才相當匱乏。

二、構建影視翻譯人才培養的條件

(一) 更新教學理念

今天的翻譯行業已經開始從傳統的、手工作坊式的翻譯運作模式向現代化、信息化和商業化的運作模式轉變。影視翻譯教師除了語言功底外,還要具有跨學科的知識結構和操作技能。高等院校作為培養未來翻譯行業從業人員的主力軍,其相關專業的教育管理人員和授課教師必須注意到時代的轉變,在教學理念上與時代進步和社會需求保持一致,根據社會需求和課程要求做出相應的調整,不斷學習,與時俱進,掌握新技術,轉變觀念。教師是課堂的引導者、組織者、資源開發者和陪練員,應增加翻譯課程中的技術內容,重視學生的參與和互動。這樣相對於傳統課程體系下培養出來的學生,學生在知識結構和實踐技能上都會有較大的優勢,在就業和從業時會有更多的選擇。以影視翻譯課程為例,教師應該借助一些字幕、配音、譯配軟件,把任務教學法、模擬教學法融合到傳統的翻譯教學模式中,凸顯技術在現代翻譯行業中的作用,積極探索專業翻譯課程中的技術路徑,更新教學手段和內容,提高教學效率,真正做到專業學位和職業能力的有效銜接。[①]

(二) 加強師資隊伍建設

影視翻譯課程教師要不斷加強學習,更新教學理念,積極探索影視翻譯課程的技術路徑,掌握影視翻譯的先進技術,更新教學手段和內容,借助一些字幕、配音、譯配軟件,把任務教學法、模擬教學法融合到傳統的翻譯教學模式中。例如,向學生展示字幕軟件,讓學生直觀地看到加載字幕的整個流程,加深了對字幕製作規律的理解,包括字幕的切分、載入、格式等。同時,高校應讓影視翻譯專家和專業技術人員走進學生的課堂,積極參與翻譯人才培養,分

---

① 肖維青. 語言雜合、文化譯介與課程建設——全國首屆影視翻譯研究論壇綜述 [J]. 外國語, 2014 (1): 93-96.

享他們在影視翻譯中的苦與樂。他們寶貴的翻譯經驗便是很好的翻譯課教學內容。與從業人員面對面交流，能激發學生從事影視翻譯工作的學習積極性和興趣，真正做到理論知識和職業能力的有效銜接。

（三）創新教學方法

影視翻譯教學在進行系統的理論知識講授的同時，還要利用各種字幕軟件，進行真實的教學，調動學生的學習興趣，促進和加強互動交流。技術在翻譯教育中的強大滲透，不僅體現在教學方式上，即翻譯教學的方式、媒介和環境中技術的含量越來越高，而且表現在教學內容上，翻譯教學中的技術運用內容分量不斷加強。① 影視翻譯教學不同於其他的翻譯教學，不能停留在紙質或者口頭上的翻譯，受技術和情境、語境等因素的制約，也就是受時空限制。不通過實際操作，學生是永遠掌握不了真正的影視翻譯技巧的，因此沒有技術軟件參與其中的影視翻譯教學可以說是失敗的教學，影視翻譯教學必須要一定程度上還原職場實況。薩姆森在提到電腦輔助翻譯（CAI）時，毫不猶豫地把影視翻譯作為 CAI 應用的一個典型，詳盡展示了字幕軟件安裝、硬件安裝、字幕編輯過程、譯後剪輯和製作過程等內容。薩姆森認為，如果不讓學生參與字幕的譯配過程，如果完全只是在紙、筆、文檔處理上花費精力，那麼學生對字幕譯配的過程將一無所知。各種免費的譯配軟件為中國影視翻譯教學帶來了很大的契機。例如，Subtitle Workshop 軟件就是一款歐洲很多高校使用的免費字幕軟件；Window Movie Maker 是 Windows XP 和 Vista 捆綁的軟件，是錄製譯配解說（Voice-over）的有用工具；DubIT 則是一款多媒體工具，可以同時播放圖像和增加的音軌，便於學生檢查配音的「音畫對位」效果，是便捷的配音軟件。這些軟件簡便易學，能高度模擬商業軟件的效果，能有效地實踐課堂所學的各種影視翻譯原則和規律，是翻譯教師的首選技術工具。影視翻譯不能局限於文本的練習，因為缺乏必要的直觀性，字幕軟件的使用使學生掌握字幕翻譯的要求。教師除了講授理論知識外，還要在課堂上講解字幕軟件的實際操作，並布置學生課餘分組開展聽寫視頻、翻譯字幕腳本、校對翻譯的字幕腳本、轉成內嵌字幕或外掛字幕等活動。這些都是提高學生影視翻譯水準的好方法。

（四）拓展實踐渠道，引導學生積極參與社會實踐

翻譯學習，實踐是重中之重。缺少真正語言實踐任務的翻譯教學終究讓學生覺得只是紙上談兵，不能學以致用，慢慢就會失去影視翻譯學習的積極性和

---

① 肖維青．語言雜合、文化譯介與課程建設——全國首屆影視翻譯研究論壇綜述 [J]．外國語，2014（1）：93-96．

興趣。教師要保持與專業翻譯公司及電視臺、影視作品製作公司、影視作品發行公司的接觸，瞭解影視翻譯這一行業對從業人員技術水準的要求，為學生提供實踐平臺。這樣有助於課堂教學內容的更新，學生也能在真實的環境裡運用課堂中所學知識為社會服務。同時，學生在參與解決社會實踐問題的過程中，利用為社會服務的真實經驗促進知識獲得與能力培養。

加強與影視譯制機構的聯繫，為學生提供課外實踐的機會，也是人才培養的重要一環。校企合作是一個很好的方式，像在影視翻譯方面有很大成就的傳神語聯公司的校企合作主要包括實習和就業。其中，實習主要有遠程實習，即由傳神語聯公司提供審校專家，全程參與解答和指導；實地實習，即傳神語聯公司提供能熟悉企業翻譯工作流程等多種崗位的工作；第三方實習，即推薦優秀學生進入有翻譯需求的企業實習。傳神語聯公司與很多高校建立了各類具有特色和符合當地情況的實習、研究等多領域合作。通過實踐，學生對字幕和影片配音有親身實踐與體會，才能對未來的影視作品英譯工作做到心中有數。

第四節　華語影視作品作為真實語料在翻譯教學中的應用

我們大學英語翻譯教學的語料僅限於經過改編的語言素材，不少已經過時，激發不了學生的學習興趣和動機。真實性是語言教學的一個至關重要的概念。保琳·魯濱遜（Pauline Robinson）早在 1991 年就強烈建議英語教學中應使用真實語言材料。魯濱遜指出，真實的語料包括了學習者需要接觸的以及需要表達的各種語言類型，比如具體的術語、行話以及典型的語言組織特點和句型。《朗文語言教學及應用語言學辭典》認為，選自報紙和雜誌等的文章與錄自一般電臺或電視節目的錄音帶等，都稱為真實的英語語料。此處的真實語料指所有為本族語使用者推出的來源於現實生活的原始語料，包括書面、音頻或視頻語料。教師可以搜集和篩選實用而有趣的真實語料，包括以英語為母語的國家的小說、報紙雜誌上的文章、商業文件和產品說明以及音樂影視作品。這些均可作為教師課堂或課後組織學習和討論的材料。

真實英語材料是大學英語教材很好的「補充材料」，如果有來自真實世界豐富多彩的原始語料作為課堂教學補充，可以使學生最大可能地接觸真實世界的語言使用情況。因此，真實語料的運用是一種提高英語翻譯教學質量的有效方式，既讓學生學習和掌握了英語語言、文化、翻譯理論和技巧知識，又激發學生學習翻譯的興趣。真實語料在提高學生讀、寫、譯等基本技能和中西文化

素養的同時，可以提高學生語言文化交際能力和翻譯水準，提高學生的綜合應用能力，從而真正實現大學英語的教學目標。只有進行恰當的挑選及使用真實語料，通過教師精心設計各種多元互動的翻譯教學活動，才能架起一座語言知識能力與語言交際能力的橋樑，幫助學生從更寬廣的視野去學習翻譯的現象和本質，從而促使學生學習翻譯理論與技巧，培養學生的翻譯能力。

一、華語影視作品作為真實語料在翻譯教學中的可行性

長期以來，學生在學習時重視英語的學習多於重視中文的學習，很多學生在英語聽、說、讀、寫方面有很高的水準，但是因為平時缺少利用真實語料進行訓練在工作中一碰到漢英筆譯（口譯）或英漢筆譯（口譯）就開始手足無措。在我們的傳統翻譯教學中，很多教師把翻譯教學等同於教學翻譯，局限於課本詞語和句子的翻譯，漢英翻譯練習很少，部分教師會在開展詞組或句型訓練時，進行漢英翻譯練習，教學翻譯直接等同了翻譯教學。

影視作品已經成為人們休閒娛樂的一種重要方式，特別是年輕的學生，追逐和欣賞影視作品變成了生活中必不可少的部分。教師和學生都熱衷於把欣賞英文影視作品作為學習英文的主要方式之一，讓娛樂性和教育性融合在一起，卻忽略了另外一種重要的學習英文的方式——華語影視作品雙語字幕。利用英文影視作品作為教學材料，教師可以進行歐美國家的文化、思維方式、口語表達方式以及學生聽力方面的教學。華語影視作品的中英文字幕翻譯也可以用來教授如何把日常生活中的語言、思想和傳統文化表達為英文，進行口譯和筆譯訓練。

華語影視作品是指主要使用漢語方言，在中國及海外華人社區製作的影視作品，其中也包括與其他國家影視作品公司合作攝製的影片。隨著國際經濟的發展和世界文化交流日益增多，華語影視作品已經作為國家軟實力的重要組成部分，向海外輸出中國的燦爛文明和文化。現在很多華語製片人和導演越來越重視國際市場，影視作品的片名和字幕翻譯技術越來越精湛，這裡面湧現出了大量的優秀翻譯作品。語言不但是人類表達思想感情和交流的一種工具，而且還是一種非常重要的文化載體，是文化的重要組成部分。那些載譽而歸的華語影視作品中的精彩對白字幕裡面富含大量濃鬱的中華文化，承載著大量的文化信息，包括中國的生態地域、民俗風情、物質文化、宗教信仰、中國哲學等。這些優秀的華語影視作品在進行翻譯創作時，字幕翻譯都是精雕細琢，很適合作為漢英翻譯教學的真實語料。擁有雙語字幕的華語影視作品作為真實語料用於翻譯教學可以讓學生進一步學習那些我們已經習以為常的日常對話的英文表

達,提高學生的英語水準。一方面,由於華語影視作品反應生活,表達了對生活的認知,而很多口語表達就是來源於生活。華語影視作品雙語字幕作為真實語料用於教學可以給學生一個真實生活中交際的場景,從而產生共鳴,激發學生的學習興趣和慾望,發揮學生學習的主觀能動性,有效提高學生的語言技能和翻譯技能。另一方面,以影視作品為真實語料展開翻譯教學,可以培養翻譯交際觀,指導學生從語言功能和交際功能兩方面來進行翻譯,既要重視語言的意義對等,又要注重具體語境下翻譯的靈活表達,關注譯文的文化語境以及譯文的接受情況,達到跨文化交流的目的。

二、華語影視作品作為真實語料的翻譯教學設計

以華語影視作品作為翻譯教學的素材,既可以激發學生學習翻譯的興趣,從翻譯教學中讓學生認識到文化語境的重要性,根據不同的語用語境確定不同的翻譯策略,又可以充分利用信息化技術把口譯和筆譯翻譯相融合,使學生擺脫缺乏真實生活場景單純進行紙筆練習的約束,從而在動態的教學中,培養學生的語言文化的翻譯能力。通過這些讓學生感興趣或耳熟能詳的真實語料,教師在英語教學時,將翻譯理論與翻譯技巧講解融合,讓學生在趣味中學會翻譯技能,不再停留在字面翻譯的直譯上面。例如,《無間道》經典臺詞「出來跑,遲早要還的」是中國人非常熟悉的俗語,譯者借鑑了英語俗語「every dog has his day」,翻譯成「everyone has his turn」,學生可以從中學會替換的翻譯技巧。又如,一個文化專有項「你跑得了初一,跑不了十五」也是富有中國文化色彩的句子,學生剛看到可能會一籌莫展,或者字面直譯成「you can't escape」。結果一看翻譯,譯者運用了英文意思對應的譯文「you can run but you can never hide」。這個譯文同樣來自於學生熟知的英文影視作品《死神3》裡的臺詞,激發了學生學習的熱情,學生學會了地道和忠實於原文才是合格的譯文。

獲得了第64屆威尼斯影視作品節最佳影片金獅獎的影視作品《色・戒》也是很好的翻譯教學素材。裡面有句臺詞:「我生是你的人,死是你的鬼。」這句臺詞對於學生而言是常聽到的對話,對於怎麼去翻譯卻沒有去深究過,教師可以在開展課堂教學活動時,把這一類的中文臺詞畫面截圖,以電子演示文稿呈現,把學生分為幾個小組,進行小組之間翻譯比賽,然後再進行翻譯討論。教師最後進行講解,實際上,隱藏在語言表層的深層意思是活著的時候,心是屬於對方的,死了後,靈魂仍然在。因此,譯者翻譯為「alive, my hearts belongs to you; dead, my soul is still yours」。通過這些實例翻譯練習,讓學生真

正學習翻譯的本質，避免再出現貽笑大方的翻譯。

利用華語影視作品作為真實語料進行翻譯教學，教師需要認真總體規劃大學英語翻譯教學，通過影視作品個案，組織真實的翻譯任務，創造性地設計把吸引學生興趣與翻譯理論和技巧教學有機融合的教學活動，激發學生積極參與，充分提高學生自主學習能力，通過多種語言活動形式來提高學生的翻譯能力，完成教學目標。

華語影視作品翻譯教學設計如表 5-1 所示。

表 5-1　　　　　　　　華語影視作品翻譯教學設計

教學環節	教學方法	教學內容	教學目的
翻譯評論	提供經典華語影視作品字幕翻譯，進行鑒賞與評論	選取近年來獲得大獎的經典華語影視作品	瞭解影視作品翻譯特點及語言特質
筆譯字幕	截取中文字幕畫面，以電子演示文稿形式呈現，完成筆譯練習	選取獲獎的各種流派的華語影視作品，包括喜劇片、功夫片、動畫片、戰爭片	讓學生體會影視作品與文學翻譯的區別以及人物性格、身分、場景的翻譯要求
配音翻譯	提供中文字幕，配上英語。小組之間比賽，分角色扮演影片中人物	影片選取以青春題材或幽默影視作品為主，比如《致青春》《大話西遊》等	練習學生的口譯能力，注重聲畫同步的影視作品翻譯特質
片名翻譯比賽	各個小組之間進行翻譯對比、鑒賞和批評	以優秀的華語影視作品片名翻譯為藍本	讓學生學習片名翻譯特點

華語影視作品是中華文化的重要組成部分，語言素材豐富，包含大量的風俗習慣、戲曲、武術、物質文化、宗教信仰等中國元素，而配有雙語字幕的華語影視作品是進行大學英語翻譯教學很好的真實語料。認真篩選影視作品語料，設計課堂教學，發掘學生深層次的學習興趣和動機以激勵學生積極主動地參與英語翻譯教學活動，形成有效的符合個性的自主學習方式和學習策略，同時促使教師優化教學資源、保證教學質量和探索適合學生學習的翻譯教學方法，可以較好地從理論上和實踐上解決目前大學英語翻譯教學中存在的實際問題，為有效推動大學英語教學改革提供有價值的借鑑和參考。

參考文獻

[1] AIXELA JAVIER FRANEO. Culture-Specific Items in Translation [M]. Clevedon: Multilingual Matters, 1996.

[2] BAKER M. Routledge Encyclopedia of Translation Studies [M]. Shanghai: Shanghai Foreign Language Education Press, 2004.

[3] BASSNETT S. The Translation Turn in Cultural Studies [M] // BASSNET S, LEFEVERE A. Constructing Cultures: Essays on Literary Translation. Shanghai: Shanghai Foreign Language Education Press, 2004.

[4] CATTRYSSE PATRICK. Multimedia & Translation: Methodological Consideration [M] // GAMBIER YVES, GOTTLIEB HENRIK. (Multi) Media Translation, Concepts, Practices and Research [M]. Amsterdam / Philadelphia: John Benjamins Publishing Company, 2001.

[5] CHAUME FREDERIC. Audiovisual Translation: Dubbing [M]. Manchester: St. Jerome, 2012.

[6] CRONIN MICHAEL. Translation Goes to the Movies [M]. Shanghai: Shanghai Foreign Language Education Press, 2011.

[7] DANAN M. Dubbing as An Expression of Nationalism [J]. Meta, 1991, 36 (4): 606-614.

[8] DELABASTITA D. Wordplay and Translation [M]. Manchester: St. Jerome Publishing, 1996.

[9] GENTZLER E. Contemporary Translation Theories [M]. Shanghai: Shanghai Foreign Language Education Press, 2004.

[10] GOTTLIEB H. Subtitling—A New University Discipline [M] // DOLLERUP CAY, ANNETTE LINDEGAARD. Teaching Translation and Interpreting 1: Training, Talent and Experience. Amsterdam/Philadelphia: John Benjamins Publishing Company, 1992.

[11] GOTTLIEB H. Subtitling: People Translating People [M] // DOLLERUP CAY, ANNETTE LINDEGAARD . Teaching Translation and Interpreting 2: Insights, Aims, Vision. Amsterdam/Philadelphia: John Benjamin Publishing Company, 1993.

[12] GUTKNECHT CHRITOPH, ROLLE LUTZ J. Translating by Factors [M]. New York: State University of New York, 1994.

[13] GUTT ERNST-AUGUST. Translation and Relevance: Cognition and Context [M]. Shanghai: Shanghai Foreign Language Education Press, 2004.

[14] HILLIS MILLER J. The Triumph of Theory, the Resistance to Reading, and the Question of the Material Base [M]. London: PMLA, 1987.

[15] JORGE DIAZ CINTAS. Audiovisual Translation in the Third Millennium In Gunilla Anderman & Margaret Rogers [M] // Translation Today: Trends and Perspectives. Beijing: Foreign Language Teaching and Research Press, 2007.

[16] KARAMITROGLOU FOTIO. Towards a Methodology for the Investigation of Norms in Audiovisual Translation [M]. Amsterdan-Atlanta: Rosopi, 2000.

[17] LEFEVERE A. Translation, Rewritingand the Manipulation of Literary Fame [M]. Shanghai: Shanghai Foreign Language Education Press, 2004.

[18] MAYORAL R, D KELLY, GALLARDO N. Concept of Constrained Translation [J]. Meta, 1988, 33 (3): 356-367.

[19] NEWMARK P. Approaches to Translation [M]. Shanghai: Shanghai Foreign Language Education Press, 2001.

[20] NIDA E A. Language, Culture, and Translating [M]. Shanghai: Shanghai Foreign Language Education Press, 1993.

[21] Toward a Science of Translating [M]. Shanghai: Shanghai Foreign Language Education Press, 2004.

[22] PETTIT ZOE. The Audio-visual Text: Subtitling and Dubbing Different

Genres [J]. Meta, 2004, 49 (1): 25-38.

[23] QIAN SHAOCHANG. The Present Status of Screen Translation in China [J]. Meta, 2004, 49 (1): 57.

[24] REMAEL ALINE. Some Thoughts on the Study of Multimodal and Multimedia Translation [M] // GAMBIER YVES, HENRIK GOTTLIEB. (Multi) Media Translation, Concepts, Practices and Research. Amsterdam & Philadelphia: John Benjamins Publishing Company, 2001.

[25] SAMOVAR L A, PORTER R E. Communiction Between Cultures [M]. Beijing: Foreign Language and Research Press, 2000.

[26] SHUTTLEWORTH MARK, COWIE MOIRA. Dictionary of Translation Studies [M]. Shanghai: Shanghai Foreign Language Education Press, 2004.

[27] TOURY G. Descriptive Translation Studies and Beyond [M]. Shanghai: Shanghai Foreign Language Education Press, 2001.

[28] ZHANG CHUNBAI. The Translating of Screenplays in the Mainland of China [J]. Meta 49 (1), 2004: 182-192.

[29] 包惠南. 文化語境與語言翻譯 [M]. 北京: 中國對外翻譯出版公司, 2001.

[30] 柏榕榕. 中國電影走出去的困境與機遇 [J]. 現代聲像檔案, 2016 (4): 27-28.

[31] 柴梅萍. 影視作品翻譯中文化意象的重構、修潤與轉換 [J]. 蘇州大學學報 (哲學社會科學版), 2001 (4): 91-94.

[32] 陳德鴻, 張南峰. 西方翻譯理論精選 [M]. 香港: 香港城市出版社, 2000.

[33] 鄧微波. 從電影翻譯到視聽翻譯——國內視聽翻譯實踐的歷史與現狀探究 [J]. 中國翻譯, 2016 (1): 80-84.

[34] 董樂山. 文化的誤讀 [M]. 北京: 中國社會科學出版, 1997.

[35] 董海雅. 情景喜劇的幽默翻譯研究 [M]. 上海: 上海外語教育出版社, 2011.

[36] 杜志峰, 李瑶, 陳剛. 基礎影視翻譯與研究 [M]. 杭州: 浙江大學

出版社，2013.

[37] 顧鐵軍. 外國新影片翻譯與研究 [M]. 北京：中國傳媒大學出版社，2006.

[38] 方夢之. 譯學辭典 [M]. 上海：上海外語教育出版社，2004.

[39] 範祥濤. 文化專有項的翻譯策略及其制約因素——以漢語典籍《文心雕龍》的英譯為例 [J]. 外語與外語教學，2008（6）：61-64.

[40] 費小平. 翻譯的政治 [M]. 北京：中國社會科學出版社，2005.

[41] 黃忠廉. 變譯理論 [M]. 北京：中國對外翻譯出版公司，2002.

[42] 鴻鈞. 中國電影也要爭取話語權 [J]. 人民日報（海外版），2016-04-19（11）.

[43] 蔣驍華. 意識形態對翻譯的影響：闡發與新思考 [J]. 中國翻譯，2003（5）：24-29.

[44] 康樂. 中西方影視翻譯理論研究發展與現狀比較 [J]. 商情（科學教育家），2007（10）：81-86.

[45] 孔慧怡. 翻譯·文學·文化 [M]. 北京：北京大學出版社，1999.

[46] 李文革. 西方翻譯理論流派研究 [M]. 北京：中國社會科學出版社，2004.

[47] 李運興. 字幕翻譯的策略 [J]. 中國翻譯，2001（4）：38-40.

[48] 呂俊. 翻譯研究：從文本理論到權力話語 [J]. 四川外語學院學報，2002（1）：106-109.

[49] 劉大燕. 中國影視翻譯研究十四年發展與現狀分析 [J]. 電影文學，2011（7）：147-150.

[50] 麻爭旗. 影視譯制概論 [M]. 北京：中國傳媒大學出版社，2006.

[51] 金海娜. 中國無聲電影翻譯研究（1905-1945）[M]. 北京：北京大學出版社，2013.

[52] 彭志瑛. 華語電影字幕翻譯的效度和信度 [J]. 西南農業大學學報（社會科學版），2013（6）：79-82.

[53] 馬宗玲. 從《駱駝祥子》的兩個英譯本看權力話語對翻譯的影響 [D]. 天津：天津師範大學，2006.

[54] 牟麗. 論再創作和影視翻譯 [J]. 山東外語教學, 2006 (3): 86-94.

[55] 錢紹昌. 影視翻譯——翻譯園地中愈來愈重要的領域 [J]. 中國翻譯, 2000 (1): 61-65.

[56] 秦文華. 翻譯——一種雙重權力話語制約下的再創作活動 [J]. 外語學刊, 2001 (3): 73-78.

[57] 譚慧. 關於中國電影對外翻譯理論研究——以電影《狼圖騰》的翻譯為例 [J]. 北京電影學院學報, 2016 (1): 148-153.

[58] 屠國元, 肖錦銀. 多元文化語境中的譯者形象 [J]. 中國翻譯, 1998 (2): 28-31.

[59] 屠國元, 朱獻瓏. 譯者主體性: 闡釋學的闡釋 [J]. 中國翻譯, 2003 (6): 8-14.

[60] 蕭立明. 新譯學論稿 [M]. 北京: 中國對外翻譯出版公司, 2001.

[61] 肖維青. 語言雜合、文化譯介與課程建設——全國首屆影視翻譯研究論壇綜述 [J]. 外國語, 2014 (1): 93-96.

[62] 謝天振. 譯介學 [M]. 上海: 上海外語教育出版社, 1999.

[63] 辛斌. 語言、權力與意識形態: 批評語言學 [J]. 現代外語, 1996 (1): 21-26.

[64] 徐賁. 走向後現代與後殖民 [M]. 北京: 中國社會科學出版社, 1996.

[65] 楊柳. 文化資本與翻譯的話語權力 [J]. 中國翻譯, 2003 (2): 8-10.

[66] 楊自儉. 譯學新探 [M]. 青島: 青島出版社, 2002.

[67] 葉長纓. 試論影視作品配音翻譯中文化距離的處理 [J]. 安徽工業大學學報(社會科學版), 2006 (5): 90-92.

[68] 張春柏. 影視翻譯初探 [J]. 中國翻譯, 1998 (2): 50-53.

[69] 張海鵬. 中國傳統文化論綱 [M]. 合肥: 安徽教育出版社, 1996.

[70] 張傳彪. 從英漢「詛咒語」(Swearwords) 看中西方文化差異 [J]. 湖北教育學院學報, 2005 (4): 46-49.

[71] 張南峰. 中西譯學批評 [M]. 北京: 清華大學出版社, 2004.

[72] 趙春梅. 論譯製片翻譯中的四對主要矛盾 [J]. 中國翻譯, 2002

(4): 49-51.

[73] 周嬋. 英文經典影視作品腳本匯編（上、下）[M]. 廣州：廣東經濟出版社，2001.

[74] 周亞莉. 影視翻譯的實踐路徑偏離與理論研究式微 [J]. 蘭州學刊，2013 (3): 187-190.

[75] 朱安博. 翻譯研究中的新歷史主義話語 [J]. 中國翻譯，2000 (2): 10-13.

[76] 趙衛防，中國電影海外推廣的路徑與主體區域研究 [J]. 當代電影，2016 (1): 12-17.

[77] 張南峰. 艾克西拉的文化專有項翻譯策略評介 [J]. 中國翻譯，2004 (1): 18-23.

附錄1 2010—2016年進口影片片名翻譯

2010年進口影片

序號	電影名稱	國家/地區
1	Avatar 阿凡達	美國/英國
2	The Spy Next Door 鄰家特工	美國
3	Detective Conan: The Raven Chaser 名偵探柯南：漆黑的追蹤者	日本
4	Alvin and the Chipmunks: The Squeakquel 鼠來寶：明星俱樂部	美國
5	Arthur and the Revenge of Maltazard 亞瑟和他的迷你王國2	法國
6	Sherlock Holmes 大偵探福爾摩斯	美國/德國
7	Fermat's Room 極限空間	西班牙
8	We Are from the Future 古墓迷途	俄羅斯
9	My Girlfriend Is an Agent 特工強檔	韓國
10	Don't Look Back 不要回頭	法國/義大利/ 盧森堡/比利時
11	More Than a Game 籃球小皇帝	美國
12	The Candidate 迷魂陷阱	丹麥

续表

序號	電影名稱	國家/地區
13	K-20: Legend of the Mask 變相黑俠	日本
14	Percy Jackson & the Olympians: The Lightning Thief 波西杰克遜與神火之盜	英國/加拿大/美國
15	Alice in Wonderland 愛麗絲夢遊仙境	美國
16	Direct Contact 孤膽拯救	美國/德國
17	Fire！開火	德國/瑞士
18	Clash of the Titans 諸神之戰	美國
19	The Orphanage 孤堡驚情	西班牙/墨西哥
20	Skate or Die 生死逃亡	法國
21	Iron Man 2 鋼鐵俠2	美國
22	How to Train Your Dragon 馴龍高手	美國
23	Echelon Conspiracy 奪命手機	美國
24	In the Name of the King: A Dungeon Siege Tale 地牢圍攻	德國/加拿大/美國
25	Largo Winch 決戰豪門	法國/比利時
26	Step Up 2: The Streets 舞出我人生2	美國
27	Prince of Persia: The Sands of Time 波斯王子：時之刃	美國
28	Vitus 想飛的鋼琴少年	瑞士
29	Beyond a Reasonable Doubt 高度懷疑	美國
30	My Mom's New Boyfriend 特工的特別任務	德國/美國
31	Robin Hood 羅賓漢	美國/英國
32	Toy Story 3 玩具總動員3	美國
33	Knight and Day 危情諜戰	美國
34	Black Lightning 黑色閃電	俄羅斯

序號	電影名稱	國家/地區
35	Ocean World 深海探奇	英國
36	Shrek Forever After 怪物史萊克 4	美國
37	The Expendables 敢死隊	美國
38	The Last Airbender 最後的風之子	美國
39	Inception 盜夢空間	美國/英國
40	The Sorcerer's Apprentice 魔法師的學徒	美國
41	The Charlemagne Code 查理曼大帝密碼	德國
42	Night Bus 雙重追擊	義大利/波蘭
43	Pandemic 感染列島	日本
44	Jerry Cotton 悍將雙雄	德國
45	Wall Street：Money Never Sleeps 華爾街：金錢永不眠	美國
46	Heartbreaker 芳心終結者	法國/摩納哥
47	Terra 泰若星球	美國
48	Unstoppable 危情時刻	美國
49	Legend of the Guardians：The Owls of Ga'Hoole 貓頭鷹王國：守衛者傳奇	美國/澳大利亞
50	Resident Evil：Afterlife 生化危機 4：戰神再生	德國/法國/美國/加拿大
51	Harry Potter and the Deathly Hallows 哈爾波特與死亡聖器	美國/英國
52	Righteous Kill 火線特攻	美國
53	My Name Is Khan 我的名字叫可汗	印度

2011 年進口影片

序號	電影名稱	國家/地區
1	Transformers：Dark of the Moon 變形金剛 3	美國
2	Kung Fu Panda 2 功夫熊貓 2	美國
3	Harry Potter and the Deathly Hallows：Part 2 哈利波特與死亡聖器（下）	美國/英國
4	The Smurfs 藍精靈	美國/比利時
5	Furious 5 速度與激情 5	美國
6	Battle：Los Angeles 洛杉磯之戰	美國
7	Rise of the Planet of the Apes 猩球崛起	美國
8	Real Steel 鐵甲鋼拳	美國/印度
9	The Tourist 致命伴旅	美國/法國/義大利
10	The Green Hornet 青蜂俠	美國
11	Rio 里約大冒險	美國
12	The Adventures of Tintin：The Secret of the Unicorn 丁丁歷險記	美國/新西蘭
13	TRON：Legacy 創：戰紀	美國
14	The Chronicles of Narnia：The Voyage of the Dawn Treader 納尼亞傳奇 3：黎明踏浪號	美國
15	Sanctum 奪命深淵	美國/澳大利亞
16	I Am Number Four 關鍵第四號	美國
17	Thor 雷神	美國
18	Captain America：The First Avenger 美國隊長	美國
19	Immortals 驚天戰神	美國
20	Cars 2 賽車總動員 2	美國

續表

序號	電影名稱	國家/地區
21	Green Lantern 綠燈俠	美國
22	Source Code 源代碼	美國/加拿大
23	Drive Angry 狂暴飛車	美國
24	Animals United 動物總動員	德國
25	Skyline 天際浩劫	美國
26	Limitless 永無止境	美國
27	Sucker Punch 美少女特攻隊	美國
28	Season of the Witch 女巫季節	美國
29	Priest 驅魔者	美國
30	Red 赤焰戰場	美國
31	Mega Monster Battle: Ultra Galaxy Legends 宇宙英雄之超銀河傳說	日本
32	Detective Conan: Quarter of Silence 名偵探柯南：沉默的十五分鐘	日本
33	Unthinkable 戰略特勤組	美國
34	Oceans 海洋	法國/瑞士/西班牙/美國/阿聯酋
35	The Next Three Days 危情三日	美國/法國
36	Killers 整編特工	美國
37	Sector 7 深海之戰	韓國
38	Coursier 終極快遞	法國
39	The Imaginarium of Doctor Parnassus 魔法奇幻秀	英國/加拿大/法國
40	The Oxford Murders 深度謎案	西班牙/英國/法國

續表

序號	電影名稱	國家/地區
41	Dream House 夢宅詭影	美國
42	Armored 激戰運鈔車	美國
43	Alpha and Omega 叢林有情狼	美國/印度
44	3 Idiots 三傻大鬧寶萊塢	印度
45	Elite Squad：The Enemy Within 精英部隊2：大敵當前	巴西
46	Gamers. In Search of the Target 超能游戲者	俄羅斯
47	Last Night 一夜迷情	美國/法國
48	The Man From Nowhere 孤膽特工	韓國
49	Double Identity 雙重身分	英國
50	The Eagle 迷蹤：第九鷹團	美國
51	Arthur 3：la guerre des deux mondes 亞瑟3：終極對決	法國
52	Unknown 不明身分	美國/英國/德國/法國
53	Beneath Hill 60 奇襲60陣地	澳大利亞
54	The Warrior's Way 黃沙武士	新西蘭/韓國
55	Leafie：A Hen Into the Wild 雞媽鴨仔	韓國
56	Norwegian Wood 挪威的森林	日本
57	Kiss Me Again 再吻我一次	義大利/法國
58	Interceptor 黑暗終結者	俄羅斯
59	Derzkie Dni 疾速行動	俄羅斯
60	Hello Ghost 開心家族	韓國
61	GOEMON 俠盜石川	日本

2012 年進口影片

序號	電影名稱	國家/地區
1	Mission：Impossible - Ghost Protocol 碟中諜 4	美國
2	The Avengers 復仇者聯盟	美國
3	Life of Pi 少年派的奇幻漂流	美國/英國/加拿大
4	Men in Black III 黑衣人 3	美國
5	Ice Age：Continental Drift 冰川時代 4	美國
6	Journey 2：The Mysterious Island 地心歷險記 2：神祕島	美國
7	The Dark Knight Rises 蝙蝠俠：黑暗騎士崛起	美國/英國
8	The Expendables 2 敢死隊 2	美國
9	The Amazing Spider-Man 超凡蜘蛛俠	美國
10	Battleship 超級戰艦	美國
11	John Carter 異星戰場	美國
12	Prometheus 普羅米修斯	美國/英國
13	The Bourne Legacy 諜影重重 4	美國/日本
14	Madagascar 3：Europe's Most Wanted 馬達加斯加 3	美國
15	Sherlock Holmes：A Game of Shadows 大偵探福爾摩斯 2：詭影游戲	美國
16	The Hunger Games 饑餓游戲	美國
17	Wrath of the Titans 諸神之怒	美國
18	Bait 大海嘯之鯊口逃生	澳大利亞
19	Farewell Atlantis 《2012》	美國/加拿大
20	Looper 環形使者	美國
21	War Horse 戰馬	美國
22	Taken 2 颶風營救 2	法國

續表

序號	電影名稱	國家/地區
23	Total Recall 全面回憶	美國/加拿大
24	The Mechanic 機械師	美國
25	Late Autumn 晚秋	韓國/美國
26	Wreck-It Ralph 無敵破壞王	美國
27	Ghost Rider：Spirit of Vengeance 靈魂戰車2：復仇時刻	美國
28	Abduction 在劫難逃	美國
29	Happy Feet Two 快樂的大腳2	澳大利亞
30	Mirror Mirror 白雪公主之魔鏡魔鏡	美國
31	Conan the Barbarian 王者之劍	美國
32	The Three Musketeers 三個火槍手	法國/美國/英國/德國
33	The Grey 人狼大戰	美國
34	The Pirates! In an Adventure with Scientists! 神奇海盜團	英國/美國
35	Lockout 太空一號	美國/法國
36	The Twilight Saga：Breaking Dawn – Part 1 暮光之城4：破曉（上）	美國
37	Blitz 玩命追蹤	英國/法國/美國
38	Killer Elite 鐵血精英	美國/澳大利亞
39	Rise of the Guardians 守護者聯盟	美國
40	The Nutcracker in 3D 胡桃夾子：魔鏡冒險	英國/匈牙利
41	Spy Kids：All the Time in the World 非常小特工之時間大盜	美國
42	Brave 勇敢傳說	美國

續表

序號	電影名稱	國家/地區
43	Sammy's Adventure 薩米大冒險	比利時
44	Hugo 雨果	美國
45	Ultraman Zero The Movie: Super Deciding Fight! The Belial Galactic Empire 超決戰！貝利亞銀河帝國	日本
46	This Means War 特工爭風	美國
47	The Woman in Black 黑衣女人	英國/加拿大/瑞典
48	Behind the Walls 普羅旺斯驚魂記	法國
49	Dr. Seuss' The Lorax 老雷斯的故事	美國
50	The Expatriate 叛諜追擊	美國/加拿大/比利時
51	Faces in the Crowd 幻影追凶	美國/加拿大/法國/英國
52	Tad, the Lost Explorer 秘魯大冒險	西班牙
53	Ninja 紐約行動	美國
54	Anna Karenina 安娜·卡列尼娜	英國
55	Deranged 鐵線蟲入侵	韓國
56	Point Blank 單刀直入	法國
57	The Brest Fortress 兵臨城下之決戰要塞	俄羅斯/白俄羅斯
58	The King's Speech 國王的演講	英國/澳大利亞/美國
59	A Separation 一次別離	伊朗/法國
60	Largo Winch II 決戰豪門2	法國/德國/比利時
61	The Artist 藝術家	法國/比利時/美國
62	The Prey 獵物	法國
63	Happiness Never Comes Alone 邂逅幸福	法國

2013 年進口影片

序號	電影名稱	國家/地區
1	Iron Man 3 鋼鐵俠 3	美國/中國
2	Pacific Rim 環太平洋	美國
3	Gravity 地心引力	美國/英國
4	Furious 6 速度與激情 6	美國
5	Man of Steel 超人：鋼鐵之軀	美國/英國
6	The Croods 瘋狂原始人	美國
7	Skyfall 007：大破天幕殺機	英國/美國
8	Star Trek Into Darkness 星際迷航 2：暗黑無界	美國
9	Jurassic Park 侏羅紀公園	美國
10	Thor：The Dark World 雷神 2：黑暗世界	美國
11	G. I. Joe：Retaliation 特種部隊 2：全面反擊	美國
12	The Hobbit：An Unexpected Journey 霍比特人 1：意外之旅	美國/新西蘭
13	Escape Plan 金蟬脫殼	美國
14	The Wolverine 金剛狼 2	美國/英國
15	After Earth 重返地球	美國
16	Monsters University 怪獸大學	美國
17	A Good Day to Die Hard 虎膽龍威 5	美國
18	White House Down 驚天危機	美國
19	The Hunger Games：Catching Fire 饑餓游戲 2：星火燎原	美國
20	Cloud Atlas 雲圖	美國/德國/中國/新加坡
21	Oz：The Great and Powerful 魔鏡仙蹤	美國
22	Elysium 極樂空間	美國

續表

序號	電影名稱	國家/地區
23	Oblivion 遺落戰境	美國
24	Now You See Me 驚天魔盜團	美國/法國
25	The Smurfs 2 藍精靈 2	美國
26	Turbo 極速蝸牛	美國
27	Mr.GO 大明猩	中國/韓國
28	Resident Evil：Retribution 生化危機 5：懲罰	德國/加拿大/美國/法國
29	Jack Reacher 俠探杰克	美國
30	The Great Gatsby 了不起的蓋茨比	澳大利亞
31	The Lone Range 獨行俠 r	美國
32	Upside Down 逆世界	加拿大/法國
33	Hotel Transylvania 精靈旅社	美國
34	Stalingrad 斯大林格勒	俄羅斯
35	Les Miserables 悲慘世界	美國/英國
36	Red 2 赤焰戰場	美國/加拿大/法國
37	The Impossible 海嘯奇跡	西班牙/美國
38	Jack the Giant Slayer 巨人捕手杰克	美國
39	Colombiana 致命黑蘭	法國
40	Epic 森林戰士	美國
41	The Last Stand 背水一戰	美國
42	Stolen 結案迷雲	美國
43	Olympus Has Fallen 奧林匹斯的陷落	美國
44	Legendary 史前怪獸	英國/中國

续表

序號	電影名稱	國家/地區
45	Fly Me to the Moon 私奔 B 計劃	法國
46	Dredd 特警判官	英國/美國/印度/南非
47	The Thieves 奪寶聯盟	韓國
48	August. Eighth 穿越火線	俄羅斯
49	Django Unchained 被解救的姜戈	美國
50	The Reef 2：High Tide 海底大冒險	韓國/美國
51	Bullet to the Head 赤警威龍	美國
52	Sammy's avonturen 2 薩米大冒險 2	比利時
53	Jobs 喬布斯	美國
54	Gone 奪命追蹤	美國
55	Welcome to the Punch 雙雄	英國/美國
56	On the Trail of the Marsupilami 追蹤長尾豹馬修	法國/比利時
57	The Iron Lady 鐵娘子：堅固柔情	英國/法國
58	A Werewolf Boy 狼少年	韓國
59	Starbuck 星爸客	加拿大

2014 年進口影片

序號	電影名稱	國家/地區
1	Transformers：Age of Extinction 變形金剛 4：絕跡重生	美國/中國
2	Interstellar 星際穿越	美國/英國/加拿大/冰島
3	X-Men：Days of Future Past X 戰警：逆轉未來	美國/英國
4	Captain America：The Winter Soldier 美國隊長 2	美國

續表

序號	電影名稱	國家/地區
5	Dawn of the Planet of the Apes 猩球崛起2：黎明之戰	美國
6	Guardians of the Galaxy 銀河護衛隊	美國/英國
7	The Amazing Spider-Man 2 超凡蜘蛛俠	美國
8	Godzilla 哥斯拉	美國/日本
9	The Hobbit: The Desolation of Smaug 霍比特人2：史矛革之戰	美國/新西蘭
10	The Expendables 3 敢死隊3	美國/法國
11	How to Train Your Dragon 2 馴龍高手2	美國
12	Need for Speed 極品飛車	美國/菲律賓/愛爾蘭/英國
13	Edge of Tomorrow 明日邊緣	美國/加拿大
14	Teenage Mutant Ninja Turtles 忍者神龜：變種時代	美國
15	Despicable Me 2 神偷奶爸2	美國
16	RoboCop 機械戰警	美國
17	Frozen 冰雪奇緣	美國
18	Maleficent 沉睡魔咒	美國/英國
19	Lucy 超體	法國
20	Penguins of Madagascar 馬達加斯加的企鵝	美國
21	Rio 2 里約大冒險2	美國
22	Brick Mansions 暴力街區	法國/加拿大
23	Jack Ryan: Shadow Recruit 一觸即發	美國/俄羅斯
24	The Maze Runner 移動迷宮	美國/加拿大/英國
25	Ender's Game 安德的游戲	美國

續表

序號	電影名稱	國家/地區
26	Transcendence 超驗駭客	美國/英國/中國
27	Mr. Peabody & Sherman 天才眼鏡狗	美國
28	Fury 狂怒	英國/中國/美國
29	Into the Storm 不懼風雨	美國
30	Non-Stop 空中營救	英國/法國/美國
31	Pompeii 龐貝末日	加拿大/德國/美國
32	Hercules 宙斯之子：赫拉克勒斯	美國
33	Divergent 分歧者：異類覺醒	美國
34	Snowpiercer 雪國列車	韓國/捷克/美國/法國
35	The Family 別惹我	法國/美國
36	Free Birds 火雞總動員	美國
37	The Monuments Men 盟軍奪寶隊	美國/德國
38	Ice Age：The Meltdown 冰川時代2：融冰之災	美國
39	Khumba 斑馬總動員	南非
40	The Nut Job 搶劫堅果店	加拿大/韓國/美國
41	Hummingbird 蜂鳥特攻	英國/美國
42	Homefront 國家防線	美國
43	Minuscule：Valley of the Lost Ants 昆蟲總動員	法國/比利時
44	The Outback 考拉大冒險	韓國/美國
45	TheMortal Instruments：City of Bones 聖杯神器：骸骨之城	美國/德國/加拿大
46	The Legend of Hercules 大力神	美國

續表

序號	電影名稱	國家/地區
47	Grace of Monaco 摩納哥王妃	法國/美國/比利時/義大利/瑞士
48	Battle of Myeongryang 鳴梁海戰	韓國
49	Niko 2 – Little Brother, Big Trouble 極地大冒險	芬蘭/德國/丹麥/愛爾蘭
50	American Hustle 美國騙局	美國
51	Dhoom 3 幻影車神:魔道激情	印度
52	Tarzan 叢林之王	德國
53	Merpo 奪命地鐵	俄羅斯
54	The Last Days 末日浩劫	西班牙/法國
55	Beauty and the Beast 美女與野獸	法國/德國
56	Delhi Safari 動物也瘋狂	印度
57	Cold Eyes 絕密跟蹤	韓國
58	Zambezia 贊鳥歷險記	南非
59	Justin and the Knights of Valour 馴龍騎士	西班牙
60	African Safari 狂野非洲	比利時/法國
61	Underdogs 挑戰者聯盟	西班牙/阿根廷/印度/美國
62	The Guardians 孤膽保鏢	德國
63	The Vocano 火山對對碰	法國/比利時
64	The Company You Keep 無處可逃	加拿大

2015 年進口影片

序號	電影名稱	國家/地區
1	Furious 7 速度與激情 7	美國/中國/日本
2	Avengers：Age of Ultron 復仇者聯盟 2：奧創紀元	美國
3	Jurassic World 侏羅紀世界	美國/中國
4	Mission：Impossible – Rogue Nation 碟中諜 5：神祕國度	美國/中國
5	The Hobbit：The Battle of the Five Armies 霍比特人 3：五軍之戰	美國/新西蘭
6	Terminator Genisys 終結者：創世紀	美國
7	Ant-Man 蟻人	美國
8	San Andreas 末日崩塌	美國/澳大利亞
9	The Martian 火星救援	美國/英國
10	Doraemon 3D：Stand by Me 哆啦 A 夢：伴我同行	日本
11	Big Hero 6 超能陸戰隊	美國
12	Spectre 007：幽靈黨	英國/美國
13	Kingsman：The Secret Service 王牌特工：特工學院	英國/美國
14	Cinderella 灰姑娘	美國/英國
15	Minions 小黃人大眼萌	美國
16	Night at the Museum：Secret of the Tomb 博物館奇妙夜 3	美國/英國
17	Jupiter Ascending 木星上行	美國/英國
18	Point Break 極盜者	美國/中國/德國
19	The Hunger Games：Mockingjay – Part 1 饑餓游戲 3：嘲笑鳥（上）	美國
20	Maze Runner：The Scorch Trials 移動迷宮 2	美國

續表

序號	電影名稱	國家/地區
21	Seventh Son 第七子：降魔之戰	英國/美國/加拿大/中國
22	Home 瘋狂外星人	美國
23	The Little Prince 小王子	法國
24	The Hunger Games: Mockingjay – Part 2 饑餓遊戲3：嘲笑鳥（下）	美國
25	The Transporter Refueled 玩命速遞：重啓之戰	法國/中國/比利時
26	Hotel Transylvania 2 精靈旅社 2	美國
27	Tomorrowland 明日世界	美國/西班牙
28	P.K. 我的個神啊	印度
29	Insurgent 分歧者 2：絕地反擊	美國
30	Chappie 超能查派	美國/墨西哥/南非
31	Everest 絕命海拔	英國/美國/冰島
32	Pixels 像素大戰	美國/中國
33	Paddington 帕丁頓熊	英國/法國
34	Inside Out 頭腦特工隊	美國
35	Detective Conan: Sunflowers of Inferno 名偵探柯南：業火的向日葵	日本
36	The SpongeBob Movie: Sponge Out of Water 海綿寶寶	美國
37	Shaun the Sheep Movie 小羊肖恩	英國/法國
38	Assassination 暗殺	韓國
39	Frankenstein 屠魔戰士	美國/澳大利亞
40	The House of Magic 魔法總動員	比利時

續表

序號	電影名稱	國家/地區
41	The Peanuts Movie 史努比：花生大電影	美國
42	Unbroken 堅不可摧	美國
43	Pan 小飛俠：幻夢啟航	美國/英國/澳大利亞
44	Sabotage 破壞者	美國
45	Outcast 白幽靈傳說之絕命逃亡	中國/加拿大/美國
46	One Minute More 我的男友和狗只要一分鐘	中國/日本
47	Mortdecai 貴族大盜	美國/英國
48	Begin Again 再次出發之紐約遇見你	美國
49	Rush 極速風流	美國/英國/德國
50	Amazonia 亞馬遜萌猴奇遇記	法國/巴西
51	Predestination 前目的地	澳大利亞
52	Survivor 幸存者	英國/美國
53	The Two Faces of January 玩命地中海	英國/法國/美國

2016年進口影片

序號	電影名稱	國家/地區
1	Zootopia 瘋狂動物城	美國
2	Warcraft 魔獸	美國/中國/加拿大/日本
3	Captain America：Civil War 美國隊長3	美國
4	Kung Fu Panda 3 功夫熊貓3	美國/中國
5	The Jungle Book 奇幻森林	美國
6	Star Wars：The Force Awakens 星球大戰7：原力覺醒	美國

续表

序號	電影名稱	國家/地區
7	X-Men：Apocalypse X戰警：天啓	美國
8	Doctor Strange 奇異博士	美國
9	Now You See Me 2 驚天魔盜團2	美國
10	Batman v Superman：Dawn of Justice 蝙蝠俠大戰超人：正義黎明	美國
11	Fantastic Beasts and Where to Find Them 神奇動物在哪裡	英國/美國
12	Your Name 你的名字	日本
13	Angry Birds 憤怒的小鳥	芬蘭/美國
14	Independence Day：Resurgence 獨立日2：卷土重來	美國
15	Ice Age：Collision Course 冰川時代5：星際碰撞	美國
16	Jason Bourne 諜影重重5	美國
17	Star Trek Beyond 星際迷航3：超越星辰	美國
18	Hacksaw Ridge 血戰鋼鋸嶺	美國/澳大利亞
19	Teenage Mutant Ninja Turtles：Out of the Shadows 忍者神龜2：破影而出	美國/中國/加拿大
20	The Secret Life of Pets 愛寵大機密	美國
21	Alice Through the Looking Glass 愛麗絲夢遊仙境2：鏡中奇遇記	美國
22	The Revenant 荒野獵人	美國
23	London Has Fallen 倫敦淪陷	英國/美國/保加利亞
24	Mechanic：Resurrection 機械師2：復活	法國/美國
25	The Legend of Tarzan 泰山歸來：險戰叢林	美國/英國/加拿大
26	Finding Dory 海底總動員2：多莉去哪兒	美國

續表

序號	電影名稱	國家/地區
27	Gods of Egypt 神戰：權力之眼	美國/澳大利亞
28	Moana 海洋奇緣	美國
29	The Last Witch Hunter 最後的巫師獵人	美國
30	Billy Lynn's Long Halftime Walk 比利林恩的中場戰事	美國/英國/中國
31	Sherlock：The Abominable Bride 神探夏洛克：可惡的新娘	英國
32	The BFG 圓夢巨人	美國/英國
33	Inferno 但丁密碼	美國/匈牙利
34	The Divergent Series：Allegiant 分歧者 3：忠誠世界	美國
35	Miss Peregrine's Home for Peculiar Children 佩小姐的奇幻城堡	美國
36	Nine Lives 九條命	法國/中國
37	One Piece Film Gold 海賊王之黃金城	日本
38	The Huntsman：Winter's War 獵神：冬日之戰	美國
39	Criminal 超腦 48 小時	英國/美國
40	Nobita and the birth of Japan 哆啦 A 夢：新大雄的日本誕生	日本
41	Boruto：Naruto the Movie 火影忍者劇場版：博人傳	日本
42	The Shallows 鯊灘	美國
43	The Walk 雲中行走	美國
44	Storks 逗鳥外傳：萌寶滿天飛	美國
45	Deepwater Horizon 深海浩劫	美國/中國
46	Alvin and the Chipmunks：The Road Chip 鼠來寶 4：萌在囧途	美國

續表

序號	電影名稱	國家/地區
47	Jack Reacher: Never Go Back 俠探杰克：永不回頭	美國
48	He's a Dragon 他是龍	俄羅斯
49	Sully 薩利機長	美國
50	Trolls 魔髮精靈	美國
51	Robinson Crusoë 魯賓遜漂流記	比利時/法國
52	Parasyte: Part 1 寄生獸	日本
53	Legend of Sanctuary 聖鬥士星矢：聖域傳說	日本
54	Biri Girl 墊底辣妹	日本
55	Selfless 幻體：續命游戲	美國
56	Left Behind 末日迷蹤	美國/加拿大
57	The Snow Queen 2: The Snow King 冰雪女皇之冬日魔咒	俄羅斯
58	Solace 通靈神探	美國
59	Detective Conan: The Darkest Nightmare 名偵探柯南：純黑的噩夢	日本
60	Flight Crew 火海凌雲	俄羅斯
61	Allied 間諜同盟	美國/英國
62	The November Man 諜影特工	美國
63	Chibi Maruko-chan: The Boy from Italy 櫻桃小丸子：來自義大利的少年	日本
64	The 33 地心營救	美國/智利
65	Crayon Shin-chan: Fast Asleep! Dreaming World Big Assault! 蠟筆小新：夢境世界大突擊	日本
66	Mafia: Survival Game 暗殺游戲	俄羅斯

續表

序號	電影名稱	國家/地區
67	American Ultra 廢材特工	美國/瑞士
68	Thomas & Friends：Sodor's Legend of the Lost Treasure 托馬斯和朋友們：多多島之迷失寶藏	英國
69	Les nouvelles aventures d'Aladin 阿拉丁與神燈	法國/比利時
70	The Boy 靈偶契約	美國
71	Ben-Hur 賓虛	美國
72	Autobahn 極速之巔	英國/德國
73	Bastille Day 巴黎危機	英國/法國/美國/盧森堡
74	Kidnapping Mr. Heineken 驚天綁架團	英國/比利時/荷蘭
75	Keeping Up with the Joneses 鄰家大間諜	美國
76	Dragon Ball Z：Resurrection「F」龍珠Z：復活的弗利薩	日本
77	Absolutely Anything 魔法老師	英國/美國
78	Eddie the Eagle 飛鷹艾迪	英國/美國/德國

附錄 2　國際上獲獎的部分華語電影中英文片名翻譯

序號	片名	時間	所獲獎項	導演
1	紅高粱（Red Sorghum）	1988 年	第 38 屆柏林國際電影節金熊獎	張藝謀
2	晚鐘（Evening Bell）	1989 年	第 39 屆柏林國際電影節銀熊獎、評審團大獎	吳子牛
3	悲情城市（A City of Sadness）	1989 年	第 46 屆威尼斯電影節金獅獎	侯孝賢
4	大紅燈籠高高掛（Raise The Red Lantern）	1991 年	第 48 屆威尼斯電影節金獅獎	張藝謀
5	阮玲玉（Center Stage）	1992 年	第 42 屆柏林國際電影節銀熊獎、最佳女演員獎	關錦鵬
6	秋菊打官司（Qiu Ju Goes to Court）	1992 年	第 49 屆威尼斯電影節金獅獎	張藝謀
7	霸王別姬（Farewell My Concubine）	1993 年	第 46 屆夏納國際電影節金棕櫚獎	陳凱歌
8	香魂女（Woman Sesame Oil Maker）	1993 年	第 43 屆柏林國際電影節金熊獎、最佳影片獎	謝飛
9	活著（Lifetimes Living）	1994 年	第 47 屆夏納國際電影節評審團大獎	張藝謀
10	愛情萬歲（Vive L'Amour）	1994 年	第 51 屆威尼斯電影節金獅獎	蔡明亮
11	陽光燦爛的日子（In the Heat of the Sun）	1994 年	第 51 屆威尼斯電影最佳男演員獎	姜文
12	女人四十（Summer Snow）	1995 年	第 45 屆柏林國際電影節銀熊獎、最佳女演員獎	許鞍華

續表

序號	片名	時間	所獲獎項	導演
13	太陽有耳（The Sun Has Ears）	1996年	第46屆柏林國際電影節銀熊獎、最佳導演獎	嚴浩
14	春光乍泄（Happy Together）	1997年	第50屆戛納國際電影節最佳導演獎	王家衛
15	河流（The River）	1997年	第47屆柏林國際電影節銀熊獎、評審團大獎	蔡明亮
16	一個都不能少（Not One Less）	1999年	第56屆威尼斯電影節金獅獎	張藝謀
17	過年回家（Seventeen Years）	1999年	第56屆威尼斯電影節特別導演獎	張元
18	一一（Yi yi: A One and a Two）	2000年	第53屆戛納國際電影節最佳導演獎	楊德昌
19	花樣年華（Happy Together）	2000年	第53屆戛納國際電影節最佳男演員獎	王家衛
20	我的父親母親（The Road Home）	2000年	第50屆柏林國際電影節銀熊獎、評審團大獎	張藝謀
21	臥虎藏龍（Crouching Tiger, Hidden Dragon）	2001年	第73屆奧斯卡最佳外語片獎	李安
22	十七歲的單車（Beijing Bicycle）	2001年	第51屆柏林國際電影節銀熊獎、評審團大獎	王小帥
23	愛你愛我（Betelnut Beauty）	2001年	第51屆柏林國際電影節銀熊獎、最佳導演獎	林正盛
24	孔雀（Peacock）	2005年	第55屆柏林國際電影節銀熊獎、評審團大獎	顧長衛
25	三峽好人（Still Life）	2006年	第63屆威尼斯電影節金獅獎	賈樟柯
26	左右（in Love We Trust）	2008年	第58屆柏林國際電影節銀熊獎、最佳劇本獎	王小帥
27	團圓（Apart Together）	2010年	第60屆柏林國際電影節銀熊獎、最佳劇本獎	王全安 金娜
28	人山人海（People Mountain People Sea）	2011年	第68屆威尼斯電影節銀獅獎	蔡尚君
29	桃姐（A Simple Life）	2011年	第68屆威尼斯電影節最佳女演員獎	許鞍華

續表

序號	片名	時間	所獲獎項	導演
30	天注定（A Touch of Sin）	2013 年	第 66 屆戛納國際電影節最佳編劇獎	賈樟柯
31	郊遊（Stray Dogs）	2013 年	第 70 屆威尼斯電影節評審團特別獎	蔡明亮
32	白日焰火（Black Coal, Thin Ice）	2014 年	第 64 屆柏林國際電影節金熊獎	刁亦男
33	刺客聶隱娘（The Assassin）	2015 年	第 68 屆戛納電影節最佳導演獎	侯孝賢
34	長江圖（Crosscurrent）	2016 年	第 66 屆柏林國際電影節「傑出藝術貢獻銀熊獎	楊超
35	小城二月（A Gentle Night）	2017 年	第 70 屆戛納電影節短片金棕櫚獎	邱陽

附錄 3　哈利・波特系列電影專有名詞中英文對照

人名

Albus Dumbledore——阿不思・鄧布利多，現霍格沃茨學校校長，最偉大的校長

Armando Dippet——埃曼多・迪佩特，霍格沃茨學校的前任校長

Arthur Weasley——亞瑟・韋斯萊

Bartemius（Barty）Crouch——（巴特繆斯）巴蒂・克勞奇

Bill Weasley——比爾・韋斯萊

Bloody Baron——血人巴羅，斯萊特林的幽靈

Charlie Weasley——查理・韋斯萊

Cornelius Fudge——康奈利・福吉

Dobby——多比，男性家養小精靈

Dolores Jane Umbrigde——多洛雷斯・烏姆里奇

Draco Malfoy——德拉科・馬爾福

Dudley——達力德利

Fat Lady——胖夫人

Filch——費爾奇，霍格沃茨學校的看門人

Fleur Delacour——芙蓉・德拉庫爾，布斯巴頓（Beauxbatons）在三強爭霸賽中的勇士

Fred & George——弗雷德，喬治

Gilderoy Lockhart──吉德羅・洛哈特教授

Ginny──金妮

Gregory Doyle──格利高里・高爾

Harry Potter──哈利・波特

Hermione Granger──赫敏・格蘭杰

Horace Slughorn──霍拉斯・斯拉格霍恩

Igor Karkaroff──伊格爾・卡卡洛夫

Lord Voldemort──伏地魔

Lucius Malfoy──盧修斯・馬爾福

Ludo Bagman──魯多・貝漫，魔法部體育運動司司長

Luna Lovegood──盧娜・羅伍德

Madam Pinse──平斯夫人，霍格沃茨圖書管理員

Madam Pomfrey──龐弗雷夫人，霍格沃茨校醫院護士

Mad-Eye（Alastor）Moody──瘋眼漢（阿拉斯托）穆迪

Minerva McGonagall──米勒娃・麥格教授，格蘭芬多院院長

Moaning Myrtle──哭泣的桃金娘

Molly Weasley──莫麗・韋斯萊

Nearly Headless Nick──差點沒頭的尼克，格蘭芬多院的幽靈

Neville Longbottom──納威・隆巴頓

Olympe Maxime──奧利姆・馬克西姆，布斯巴頓魔法學校校長

Peeves──皮皮鬼，鬧惡作劇的鬼魂（Poltergeist）。

Percy Weasley──帕西・韋斯萊

Peter Pettigrew──小矮星彼特，被朋友稱為「蟲尾巴」（Wormtail）

Petunia──佩尼姨媽

Phineas Nigellus──菲尼亞斯・奈結勒斯，曾經的校長

Pig──小豬，羅恩・韋斯萊的貓頭鷹，Pigwidgean 是全名

Potter, James and Lily──詹姆和莉莉・波特，哈利的父母。詹姆的外號是尖頭叉子（Prongs）

Professor Bins——賓斯教授，教授魔法史的鬼魂

Professor Flitwick——弗利維教授，魔咒課教師

Professor Sinistra——辛尼斯塔教授，教授天文學（Astronomy）

Professor Sprout——斯普勞特教授，草藥學（Herbology）教師

Rita Skeeter——麗塔·斯基特，《預言家日報》記者

Remus J. Lupin——萊姆斯·J.盧平

Ron Weasley——羅恩·韋斯萊，哈利·波特最好的男性朋友

Rubeus Hagrid——海格，霍格沃茨場地看守

Severus Snape——西弗勒斯·斯內普

Sibyll Trelawney——西比爾·特里勞尼教授，教授占卜課（Divination）

Sir Cadogan——卡多根爵士

Sirius Black——小天狼星布萊克，外號大腳板（Padfoot）

Tom Marvolo Riddle——湯姆·馬沃羅·里德爾，伏地魔

Vernon——弗農姨父

Viktor Krum——威克多爾·克魯姆，保加利亞魁地奇國家隊球員；德姆斯特朗勇士

Vincent Crabbe——文森特·格拉布

Wierd Sisters——古怪姐妹，著名的歌唱組合

Winky——閃閃，女性家養小精靈

You-Know-Who——神祕人

稱謂

Aurors——傲羅

Bonder——見證人

Champions——勇士，代表學校參加三強爭霸賽

Death Eaters——食死徒

Mudblood——泥巴種，對出生麻瓜家庭（非純血統）巫師的蔑稱

Muggles——麻瓜，非魔法界的人們

Squib——啞炮，出生在巫師家庭，不過沒有魔法能力

四個學院

Gryffindor——格蘭芬多，以 Godric Gryffinder 命名，紅色（Scarlet）為其院色，象徵勇敢的美德

Ravenclaw——拉文克勞，以 Rowena Ravenclaw 命名，藍色為其院色，象徵智慧的美德

Slytherin——斯萊特林，以 Salazar Slytherin 命名，綠色為其院色，蛇是斯萊特林學院的象徵

Hufflepuff——赫奇帕奇，以 Helga Hufflepuff 命名，淡黃色為其院色，擁有勤勞的美德

the House Cup——學院杯

學科名稱

Astronomy——天文學，霍格沃茲的一年級課程，用望遠鏡觀看夜晚的天空，學習不同的星星的名稱，研究行星的軌道等

Herbology——藥草學，學習如何照顧奇怪的植物和蕈類，並使用它們

History of Magic——魔法史，唯一由幽靈擔任老師的科目，讓學生無聊得沉沉欲睡

Potions——魔藥學，學習調配魔法藥劑

Charms——符咒學

Transfiguration——變形學，麥教授所教導的一門課，傳授各種變形咒

Defence Against the Dark Arts——黑魔法防衛術，教師替換率最高的一門學科

Broom Flying——飛行課，哈利拿手的學科

Arithmancy——算命學

Care of Magical Creatures——奇獸飼育學

Muggle Studies——麻瓜研究

Study of Ancient Runes——古代神祕文字研究

課程

Transfiguration Class——變形課

Charms Class——魔咒課

Defence Against The Dark Arts Class——黑魔法防禦術

Care of Magical Creature Class——保護神奇生物課

Herbology Class——草藥課

Flying Lessons 或 Broom Flying——飛行課

Potions Class——魔藥課

Arithmancy——算數占卜

Astronomy——天文學

Care of Magical Creatures——神奇生物保護課

History of Magic——魔法史

書名

A Beginners' Guide to Transfiguration——《初學者的變形指南》

Curses and Countercurse——《詛咒與反詛咒》

Dragon-Breeding for Pleasure and Profit——《養龍的快樂與利潤》

Dragon Species of Great Britain and Ireland——《大不列顛與愛爾蘭的各種龍》

Fantastic Beasts and Where to Find Them——《怪獸與它們的發源地》

From Egg to Inferno, A Dragon Keeper's Guide——《從孵育到噴火——養龍手冊》

Great Wizarding Events of the Twentieth Century——《二十世紀重要魔法事件》

Great Wizards of the Twentieth Century——《二十世紀的偉大巫師》

Hogwarts, A History——《霍格沃茨,一段歷史》

Important Modern Magical Discoveries——《現代魔法的重大發現》

Magical Drafts and Potions——《魔法藥劑與藥水》

Magical Theory——《魔法理論》

Modern Magical History——《現代魔法史》

Notable Magical Names of Our Time——《今日魔法名流》

One Thousand Magical Herbs and Fungi——《一千種神奇藥草與蕈類》

Quidditch Through the Ages——《穿越歷史的魁地奇》

Study of Recent Developments in Wizardry——《近代巫術發展研究》

The Dark Forces：A Guide to Self-Protection——《黑暗力量：自衛指南》

The History of Magic——《魔法史》

The Rise and Fall of the Dark Arts——《黑魔法的興起與衰落》

The Standard Book of Spells（Grade1）——《標準咒語（一年級）》

Adventures of Martin Miggs, the Mad Muggle——《瘋麻瓜馬丁・米格冒險記》

Break with a banshee——《與食屍鬼同遊》

Charm Your Own Cheese——《對你的乳酪下符咒》

Enchantment in Baking——《烘培的魔法》

Encyclopedia of Toadstools——《毒草百科全書》

Flying with the Cannons——《與炮彈隊一同飛翔》

Gadding with Ghouls——《與惡鬼四處遊蕩》

Gilderoy Lockhart's Guide to Household Pets——《吉德羅洛哈特家養寵物指南》

Holidays with Hags——《與巫師共度假期》

Magical Me——《神奇的我》

Moste Potente Potions——《超強魔藥》

One Minute Feasts—It's Magic——《一分鐘宴會大餐——神奇魔法》

Prefects Who Gained Power——《功成名就的級長們》

Travels With Troll——《與山怪共遊》

Voyages With Vampires——《與吸血鬼同行》

Wanderings With Werewolves——《與狼人一起流浪》

Year With The Yeti——《與雪人相伴的歲月》

Invisible Book of Invisibility——《隱形的隱形書》

Old and Forgotten Bewitchment and Charms——《古老及被遺忘的魔法咒術》

The Dark Forced—A Guide to Protection——《黑暗力量：自衛指南》

Handbook of Do-it Yourself Broomcare——《飛天掃帚保養自助手冊》

Unfogging the Future——《撥開未來的迷霧》

Death Omens: What to Do When You Know the Worst is Coming——《死亡預兆：當你知道最壞的噩運即將來臨時，你該如何自處》

Sites of Historical Sorcery——《魔法歷史遺跡》

Monster Book of Monsters——《怪獸的怪獸書》

魔法

Alchemy——煉金術

Animagi——阿尼瑪格，變形為動物的魔法

Apparating——幻影移/顯形

Avada Kedavra——阿瓦達索命，非法的黑魔咒。

Cruciatus Curse——鑽心咒，非法的黑魔咒。

Currency——鑽心咒

Dark Magic——黑魔法

Dark Mark——黑魔標記，空中的骷髏頭，在某人被殺時使用

Disapparate——幻影移形

Divination——占卜

Fidelius Charm——赤膽忠心魔咒

Four Point Spell——定向咒，使得魔杖尖端指北

Impediment Curse——障礙咒，減緩阻止侵犯者。

Imperious Curse——奪魂咒

Leprechaun Gold——消失數小時

Occlumency——鎖心術

Parseltongue——大腦封閉術

Patronus——守護神，打擊攝魂怪

Polyjuice Potion——變身水，可以把一個人變為另一個人模樣的湯劑

Reductor Curse——粉碎咒，為開路，擊碎固體

Shield Charm——鐵甲咒，暫時的隔牆使小魔咒偏向

Side-Along-Apparition——隨從顯形

Splinched——分體，巫師在幻影移形時，留了一半身子在後

Transfiguration——變形術

Unbreakable Vow——牢不可破的誓言

Wolfsbane potion——狼毒試劑

咒語

Accio——飛來

Aguamenti——清水如泉

Alohomora——開鎖咒：阿拉霍洞開

Aparecium——顯形咒：急急現形

Avada Kedavra——索命咒：阿瓦達索命

Avis——飛鳥群群

Colloportus——禁錮咒：速速禁錮

Crucio——鑽心咒：鑽心剜骨

Deletrius——消隱無蹤

Densaugeo——長出長牙：門牙賽大棒

Diffindo——分裂咒

Disillusionment——幻身咒

Dissendium——左右為難

Enervate——恢復意識：快快復甦

Engorgio——變大咒：速速變大

Evanesco——消影無蹤

Expecto Patronum——守護神咒：呼神護衛

Expelliarmus──繳械咒：除你武器

Finite──終了結束

Finite Incantatem──停止咒：咒立停

Flagrate──標記咒：標記顯現

Furnunculus──火烤熱辣辣

Impedimenta──障礙重重

Imperio──魂魄出竅

Impervius──防水咒：防水防濕

Incarcerous──速速禁錮

Incendio──火焰咒：火焰熊熊

Legilimens──攝神取念

Levicorpus──倒掛金鐘

Locomotor──移動！

Locomotor Mortis──鎖腿咒

Lumos──照明咒：熒光閃爍

Mobiliarbus──飛來咒：飛來飛去

Mobilicorpus──顯形幻影

Morsmordre──黑魔標記：屍骨再現

Nox──諾克斯，熒光閃爍的反咒

Obliviate──遺忘咒：一忘皆空

Orchideus──蘭花盛開

Pack──收拾

Petrificus totalus──石化咒：統統石化

Point Me──給我指路

Prior Incantato──閃回前咒

Protego──盔甲咒：盔甲護身

Quietus──無聲咒：無聲無息

Reducio──縮小咒：速速縮小

Reducto——粉碎咒：粉身碎骨

Relashio——力松勁泄

Reparo——恢復咒：恢復如初

Rictusempra——咧嘴呼啦啦

Riddikulus——對付伯格特：滑稽滑稽

Scourgify——清理咒：清理一新

Sectumsempra——神鋒無影

Serpensortia——烏龍出洞

Silencio——無聲無息

Sonorus——大聲咒：聲音洪亮

Stupefy——昏迷咒：昏昏倒地

Tarantallegra——跳舞咒：塔郎泰拉舞

Unplottable——不可標繪

Wingardium Leviosa——懸浮咒：羽加迪姆，勒維奧薩

藥劑

Amortenti——迷情劑

Felix Felici——福靈劑

Mandrake Restorativ——曼德拉草恢復劑

Polyjuice Potion——復方湯劑

Veritaserum——吐真劑

魔法物件

Boggarts——博格特，像一個封閉的空間，形狀會變。它會變成你最害怕的東西

Broomstick——掃帚

Cleansweep 7——橫掃7，慢型號的掃帚

Cloak/Cape——鬥篷、披風

Curse/Spell/Charm——魔咒

Cauldron——坩堝

Daily Prophet——預言家日報，魔法世界的報紙

Firebolt——火弩箭，最新款的掃帚

Floo Powder——飛路粉，用來迅速旅行

Horcrux——魂器

Hogwarts Express——霍格沃茨特快列車

Howler——吼叫信

Invisibility Cloak——隱身衣

Knight Bus——騎士公共汽車

Magic Wands——魔杖

Marauder's Map——活點地圖

Nimbus——光輪系列飛天掃帚

Omniocular——魁地奇望遠鏡

Parchment——羊皮紙

Pensieve——冥想盆

Phial——（裝液體的）藥瓶

Philosopher's Stone——點金石

Pocket Sneakoscope——窺鏡，有不可信任的人接近，它會發光打轉

Portkey——門鑰匙

Put-outer——熄燈器

Quill——羽毛筆

Robe——長袍

Scales——天平

Silver Arrow——銀箭，早些款式的飛天掃帚

Sorting Hat——分院帽

The Hand of Glory——光榮之手

The Mirror of Erised——厄里斯魔鏡

The Quibbler——唱唱反調

Ton-Tongue Toffees——肥舌太妃糖

Time Turner——時間轉換器

Vanishing Cabinet——消失櫃，把人從一個地方傳送到另一個地方

地點

4 Privot Drive——女貞路4號

Azkaban——阿茲卡班巫師監獄

Boirgin and Burkes——博金・博克商店

Diagon Alley——對角巷

Durmstrang——德姆斯特朗，魔法學校，注重黑魔法

Eeylops Owl Emporium——咿啦貓頭鷹商店

Flourish and Botts——麗痕書店

Gringotts Wizarding Bank——古靈閣，巫師銀行

Hogsmeade——霍格莫德村

Hogwarts School of Witchcraft and Wizardry——霍格沃茨魔法學校

Honey Dukes——蜂蜜公爵糖店

Knockturn Alley——翻倒巷

Leaky Cauldron——破釜酒吧

Little Hangleton——小漢格拉頓，里德爾府所在小鎮

Ollivanders——奧利凡德魔杖商店

St. Mungo's Hospital for Magical Maladies and Injuries——聖蒙果魔法傷病醫院

The Burrow——陋居

The Hog's Head——豬頭酒吧

The Room of Requirement——有求必應屋

The Shrieking Shack——尖叫棚屋

Three Broomsticks——三把掃帚酒吧

Weasleys'Wizard Wheezes——韋斯萊魔法把戲坊

Auror Headquarters——傲羅指揮部

Department of Internetional Magical Coorperation——國際魔法合作部

Department of Magical Games and Sports——魔法體育運動司

Improper Use of Magic Office——禁止濫用魔法司

Misuse of Muggle Artefacts Office——禁止濫用麻瓜物品司

The Fountain of Magical Brethren——魔法兄弟噴泉

Wizengamot Administration Services——威森加摩管理機構

店名

Eeylops Owl Emporium——咿啦貓頭鷹商場，斜角巷中的貓頭鷹專賣店

Flourish and Blotts——破釜書店斜角巷中的魔法書店

Madam Malkin's Robes for All Occasions——摩金夫人的各式長袍店斜角巷中販賣各式各樣的巫師長袍

Borgin and Burke's——波金與伯克斯夜行巷中的黑魔法用品店

Gambol and Japes Wizarding Joke Shop——嬉戲與戲謔巫術惡作劇商店

Quality Quidditch Supplies——優質魁地奇用品商店

Dervish and Banges——德維商店活米村中的巫師用品商店

Florean Fortescue's Ice-Cream Parlour——伏林·伏德秋冰淇淋店，斜角巷中的店名

Honeydukes——蜂蜜公，活米村中的魔法糖果專賣店

Magical Menagerie——奇獸動物園，活米村中專賣各種珍貴魔法怪獸的商店

Three Broomsticks——三根掃帚，活米村裡的酒吧店名

Zonko's——佐科笑料店，活米村中的惡作劇用品商店店名

動物

Acromantula——八眼巨型蜘蛛

Aragog——阿拉戈克,森林裡的巨蛛

Basilisk——巴希里克,蛇怪之王,通過註視盯著它眼睛看的人殺人

Centaur——馬人

Chinese Fireball——中國火球龍

Comman Welsh Green 威爾士綠龍

Crookshanks——克魯克山,赫敏的姜黃色貓

Dementors——攝魂怪,阿茲卡班監獄的守衛

Demiguise——隱性獸

Doxy——狐媚子

Errol——埃羅爾,羅恩的老貓頭鷹

Fang——牙牙,海格的獵狗

Fairy——仙子

Fawkes——福克斯,阿不思・鄧布利多的鳳凰

Flobberworm——弗洛伯毛蟲

Ghoul——食屍鬼

Giants——巨人

Gnome——地精

Goblins——妖精,古靈閣地下保險庫(Vaults)看守

Grimm——巨狗,死亡的預示

Grindylow——格林迪洛,喇叭狀水下小惡魔

Growp——格洛普

Hedwig——海德薇,哈利・波特的貓頭鷹

Hippogriff——鷹頭馬身有翼獸

House Elfs——家養小精靈

Hungerian Horntail——匈牙利樹峰

Kapa——卡巴,日本水怪

Kelpie——馬形水怪

Leprechaun——小矮妖

Manticore——人頭獅身蠍尾獸

Nagini——納吉尼，一條 12 英尺（約合 3.66 米）長的巨蛇

Nifflers——嗅嗅，喜掘亮晶晶的東西

Phoenix——鳳凰

Pixie——小精靈

Puffskein——蒲絨絨

Red Cap——紅帽子

Salamander——火蜥蜴，靠吃火焰為生

Scabbers——斑斑，羅恩的小老鼠

Slug——蛞蝓

Sphinx——斯芬克斯，人面獅身獸

Swedish Short Snout——瑞典短鼻龍

Thestral——夜騏

Troll——巨怪

Unicorns——獨角獸

Veela——媚娃

Werewolf——狼人

植物

Bubotuber——巴波塊莖，可以治療痤瘡（Acne）的植物

Gillyweed——腮囊草，用於水下呼吸

Whomping illow——打人柳

食物

Bertie Bott's Every Flavor Beans——柏蒂全口味豆，什麼口味的豆子都有，如椰子、薄荷、菠菜、肝臟、牛肚、胡椒……還有鼻涕、耳垢等

Cauldron cakes——大釜蛋糕

Chocolate Frogs——巧克力蛙，每一包巧克力蛙中都附送各種可以收集的

魔法師集卡

Drooble's Best Blowing Gum——超級吹寶泡泡糖，霍格沃茨特快車中販賣的一種食物

Kinckerbocker Glory——寶彩聖代，冰淇淋的一種

Liquorice——甘草，霍格沃茨特快車中販賣的一種食物

Mars Bars——火星巧克力棒，霍格沃茨特快車中販賣的一種食物

Mint Humbug——硬薄荷糖

Pumpkin Pasties——南瓜餡餅

Sherbert Lemons——檸檬雪寶，阿不思‧鄧不利多非常喜歡的麻瓜甜品

Steak-and-Kidney——牛肉腰花派

Treacle Tarts——糖漿餡餅

Trifle——乳脂鬆糕

Acid Pops——酷酸果，可以在活米村「蜂蜜公爵」買到的糖果，榮恩曾因吃過酷酸果而導致舌頭被燒穿

錢幣

Galleons——加隆，金幣

Sickles——西可，銀幣，17 銀西可＝1 金加隆

Knutes——納特，銅幣，29 銅納特＝1 銀西可

游戲

Gobstones——高布石游戲，類似彈子球的魔法游戲，石頭會噴出液體濺到輸者臉上

Quidditch——魁地奇，有四個球，三個圈，類似於足球的運動。其中，鬼飛球（Quaffle）為紅球，追求手（Chaser）把它投過圈即得 10 分；守門員（Keeper）負責擋對方射來的球。遊走球（Bludges）為兩個黑球，擊球手（Beater）會打擊對方球員。金色飛賊（Golden Snitch）為金色小球，找球手（Seeker）拿到此球，比賽結束

Beater——打擊手，一隊中有 2 人，最主要的任務就是不讓搏格傷害本隊隊員

　　Bludger——搏格，顏色漆黑，比快浮小，會把球員從飛天掃帚上撞下來

　　Chaser——追球手，一隊中有 3 人，把快浮（Quaffle）傳來傳去，想辦法把快浮扔進球框射門得分

　　Triwizard Tournament——三強爭霸賽，三大魔法學校之間舉辦的比賽

　　Yule Ball——聖誕舞會

後記

在本書完稿之際，我想借此機會感謝所有對我著作出版有幫助的人。

我要衷心感謝我讀研究生時的導師屠國元教授。屠教授不僅學識淵博、視野開闊，還特別嚴於律己、寬以待人，有親和力，樂於助人。他在我學業上給予了很多指導，讓我銘記於心。

衷心感謝歐陽建平教授。歐陽教授淵博的學識、嚴謹的治學態度以及樂於助人、不求回報的品質令人欽佩。這些年若不是歐陽教授的鼓勵和指導，我也許會放棄科研。

特別感謝湖南理工學院王宇主任、潘洞庭書記、胡小穎副主任、鄒娟娟副主任、龔紅林教授、吳靜教授以及張映輝、申麗娟、李瑩、黎金瓊等同事。王主任樂於成人之美、不求回報、關愛下屬、善於換位思考的品質給我的科研工作帶來了很大的鼓舞和動力。感謝豁達的主任和書記這些年對我的鞭策、激勵、指引和幫助，你們的魄力和大度讓人欽佩。

借此機會我還想表達對一些老師和朋友的謝意。他們是：我的同學熊珺、中南大學李俊芳老師、懷化學院肖錦鳳老師、岳陽中醫院劉琴醫生，感謝他們給予我的指導、幫助和鼓勵。每當我覺得百無一用是書生，在生活、課題申報、職稱評審等方面遇到挫折，想放棄的時候，他們總是循循善誘，點燃我心中的希望，讓我心存感恩。

文中參考和借鑑了多位專家學者的研究成果，在此向所有引文作者表示我最衷心的感謝！

最後，衷心感謝我的父母和長兄一家。感謝他們對家庭的付出和對我的鼓勵，讓我能夠安心進行科研。感謝所有關心和支持我的人，我的成長離不開你們的關懷和幫助，謹以此書獻給你們，以表我誠摯的謝意！

謝紅秀

2017 年 9 月

國家圖書館出版品預行編目（CIP）資料

譯者的適應和選擇：中國影視翻譯研究 / 謝紅秀 著. -- 第一版.
-- 臺北市：崧博出版：財經錢線文化發行, 2019.05
　　面； 公分
POD版

ISBN 978-957-735-861-5(平裝)

1.翻譯 2.電影 3.電視

811.7　　　　　　　　　　　　　　108006585

書　　名：譯者的適應和選擇：中國影視翻譯研究
作　　者：謝紅秀 著
發 行 人：黃振庭
出 版 者：崧博出版事業有限公司
發 行 者：財經錢線文化事業有限公司
E - m a i l：sonbookservice@gmail.com
粉 絲 頁：　　　　　　網　址：
地　　址：台北市中正區重慶南路一段六十一號八樓 815 室
8F.-815, No.61, Sec. 1, Chongqing S. Rd., Zhongzheng
Dist., Taipei City 100, Taiwan (R.O.C.)
電　　話：(02)2370-3310　傳　真：(02) 2370-3210
總 經 銷：紅螞蟻圖書有限公司
地　　址：台北市內湖區舊宗路二段 121 巷 19 號
電　　話：02-2795-3656　傳真：02-2795-4100　網址：
印　　刷：京峯彩色印刷有限公司（京峰數位）

　本書版權為西南財經大學出版社所有授權崧博出版事業股份有限公司獨家發行電子
　書及繁體書繁體字版。若有其他相關權利及授權需求請與本公司聯繫。

定　　價：330元
發行日期：2019 年 05 月第一版
◎ 本書以 POD 印製發行